完璧な支配に満たされる

真宮藍璃

illustration:
湖水きよ

CONTENTS

完璧な支配に満たされる

「いらっしゃい……、って、どうしたんですか、博己先輩？　そんなびっくりした顔して」

「い、いや、ちょっと……、なんか、思ってたよりゴージャスなところだったから」

「もしかして、下でドアマンに止められたりしました？」

「いや、大丈夫。ようこそ、って通してくれたよ、啓佑」

「ならいいんですけど。まだ家具が揃っていない部屋もありますが、まあどうぞ上がってください」

一週間ほど前、都内のホテルで偶然再会した中高時代の後輩、上條啓佑が言う。

昔と変わらない親しみのある口調と穏やかな声とに、御厨博己は少しだけ安堵して、玄関から部屋の中に入った。

東京湾を望む、ラグジュアリーな佇まいのマンション。

啓佑から、仕事でアメリカと日本を行き来する間の仮住まいに部屋を借りるつもりだとは聞いていたが、まさかこんな高級物件だとは想像もしていなかった。

エントランスにドアマンとコンシェルジュがいるマンションなんて、海外だけの話かと思っていたし、部屋も玄関からして広く、その先には長い廊下が続く。

啓佑のあとについて廊下を歩いていくと、奥には曇りガラスのドアがあった。

啓佑にうながされ、博己はおずおずとドアを開けた。

「……！」

天井から床まで、南面に隙間なくガラスドアがはめ込まれた、まるでカフェみたいな広いリビング。街から海まで続く夜景がくまなく一望でき、星明かりも見える。

東京には長く住んできたが、見たこともなかった情景だ。思わず魅入られたように窓の外を見ていると、啓佑が低く訊いてきた。

「いい眺めでしょう？」

「……そうだな」

「『プレイルーム』の窓は東向きで、朝日が昇るのが見えます。こっちですよ」

啓佑がさらりと言って、リビング奥のドアのほうに行く。「プレイルーム」という言葉の響きに、鼓動が速くなる。

啓佑に続いてドアをすり抜けると、そこは広くて天井の高い部屋だった。壁には洒落た絵画が飾られ、壁面にしつらえられたキャビネットの上には美しい花が生けてある。

奥には四隅に柱がついた天蓋付きの大きなベッドと、くつろげそうな革張りのソファ。浴室はガラス張りで、中が透けて見える。

大きなテラス窓のむこうには、ウッドデッキ風の広いルーフバルコニーがあり、ゆったりしたカウチが置かれている。衝立(ついたて)代わりの生け垣のコンテナで囲まれた一画には、ジェットバスがついているようだ。

　一見、リゾートホテルの一室といった雰囲気の部屋。

　でもよく見ると、部屋の壁の一部はボードではなく、頑丈そうなコンクリートがむき出しになっていて、フックやリングが取りつけられている。

　部屋の隅にある謎の金属ポールや、天井から下がる滑車などは、何も知らない「Ｎｏｒｍａｌ（ノーマル）」な人間にとっては、まったく用途が不明だろう。

　ここは「そのための」部屋なのだ。博己は驚きを隠せずに言った。

「……こんなあからさまな部屋、初めて見た」

「ほんとですか？　海外では一般的ですけどね、ダイナミクス向けのプレイルーム付きの物件は」

　啓佑が言って、クスリと笑う。

「日本もようやく時代に追いついてきたってことですよ。この部屋でどんなプレイに興じても、音や振動が外に洩れることはない。俺たちみたいな人間にとっては、シェルターみたいな部屋です」

「……シェルター、か」

　啓佑は昔から上手いことを言う。

　マイノリティーにとって、安全だと感じる場所を持つことは心の平安につながる。

　自分も十代の頃に、本来の意味のシェルター、差し迫った脅威や他者からの暴力、あるいは不当な支配からの避難場所を見つけることができていたなら、もう少し違う生き方をしていたかもしれないのに。

ついそんなことを思って、心が沈みそうになってしまう。

(今さら、どうしようもないけどな)

生まれながらに強い支配欲を持つ「Ｄｏｍ(ドム)」と、Ｄｏｍへの被支配欲を持つ「Ｓｕｂ(サブ)」。

ダイナミクスと呼ばれる、男女の性とは別の第二の性のうち、特徴的な二つの性のことだが、啓佑がＤｏｍで自分がＳｕｂであることをお互いに初めて知ったのは、一週間前に再会したときだ。

かつて同じ都内の中高一貫校に通い、一緒に生徒会活動をしていた頃には知る由もなかったし、大人になってから再会してカミングアウトし合うことになるなんて、十代のときには想像もできなかったのだから、ここで昔のことを思いわずらってもしょうがない。

大切なのは今で、啓佑なら自分を導いてくれるかもしれないと思ったからこそ、博己は彼の提案を受け入れたのだ。

ほとんど藁にもすがるみたいな気持ちで、啓佑の顔を見つめる。

こちらを見返した啓佑の大きな黒い瞳に、博己の顔が映り込む。

さらりとした黒髪に、切れ長の目と薄い口唇(くちびる)。色白で和風な顔立ちと細身の体格のせいもあるのか、博己は昔からよく中性的だと言われてきた。

対して啓佑は、博己より一回りくらい体格がよく、少しくせのある豊かな黒髪とオニキスみたいな大きな瞳、肉厚な口唇が印象的な、とても華やかで端整な容姿をしている。

黙ってこちらを見つめる啓佑の瞳に、どこか艶めいた光がともる。

「少し遊んでみましょうか、博己さん」

「今から、か？」

「最初のプレイのときからもう一週間が経ってますしね。そろそろ欲しくなってくる頃じゃないですか？」

見透かすような目をしてそう言われ、ごくりと唾を飲む。

啓佑の言葉は正しい。彼の深い漆黒の瞳を見つめているだけで、体が熱っぽくなってくるのがわかる。自分がＳｕｂで、彼がＤｏｍだからという以外に、そんなふうになる理由なんて思いつかない。博己はうなずいて言った。

「……おまえの言うとおりだ、啓佑。俺は今、本能的に支配されたがっている」

「そうですか。俺はＤｏｍとして、あなたのその欲求に応じることができます。そうしてほしいですか？」

「ああ、そうしてほしい。今すぐ、プレイをしてほしいっ……」

啓佑の丁寧な同意確認に対し、声が震えそうになるのを抑えながら答えると、啓佑が口の端を上げて薄く笑った。

「いいでしょう。セーフワードは覚えてますよね？」

「覚えている」

「じゃあ、始めましょう。楽しいひとときにしましょうね」

啓佑が言って、鼓膜をなぞるような低音で告げる。

「『ひざまずけ』、博己」

「……っ、ぁ……」

背筋をゾクリとしびれが駆け上り、体からがくんと力が抜ける。

同意があろうとなかろうと、Ｄｏｍである啓佑が意思を込めて発した命令の言葉は、Ｓｕｂの博己にとっては抗いがたい力を持つ「コマンド」として作用する。

磨き上げられた床に両膝をつき、顔を上げて啓佑の顔を仰ぎ見ただけで、欲情で息が乱れそうになった。啓佑が目の前に立って、そっと頬を撫でてくる。

手首から彼がつけている香水の匂いが漂って、それだけで興奮してしまう。

「いい子ですね、博己は。濡れた目がとても綺麗ですよ？」

褒められ、好意的な言葉をかけられて、胸が甘く震える。期待の目で見上げる博己に、啓佑が告げる。

「膝をついたままシャツを脱ぎなさい。ゆっくりとね」

「……っ……」

「お返事は？」

「……は、いっ……」

かすれた声で返事をし、啓佑の瞳を見つめたままシャツのボタンを外す。

すでに汗ばみ始めている体に、シャツがもどかしくまとわりつく。はぎ取るみたいに脱ぎ捨てると、啓佑が笑みを見せてうなずいた。

そうして博己の前に片膝をついて屈み、顔を近づけてくる。

「よくできました。両腕を上げて手を頭の後ろで組みなさい」

「んっ」

「顔は上げたままです。口を開けて、舌を差し出して」

艶のある声で命じられ、ゾクゾクと背筋が震える。

腕を上げて頭の後ろで組むのは、恭順の仕草だ。組んだ手が汗ばむのを感じながら、舌を長く差し出すと、啓佑が顎に手を添えて、肉厚な口唇で舌を食んできた。

「ん、んっ、ぅ、う……！」

ちゅる、ちゅる、と淫靡な音を立てて舌を吸われ、根元近くに硬い歯を立てられて、ビクビクと腰が揺れる。

キスは甘やかな行為だけれど、差し出した舌を噛みちぎられれば致命傷を負う。プレイの間は命すらも握られているのだと知らしめられるようで、かすかなおののきを覚える。

けれど博己の腹の底には、それだけでひたひたと悦びの兆しが湧き上がってくる。

自己決定権を放棄することには人並みに戦慄を覚えるのに、Ｄｏｍからの命令に従い、それを甘く褒められただけで、Ｓｕｂである博己は陶然となってしまうのだ。

その上、被支配欲求がセックスの欲望と深く結びついているために、触られてもいないのに早くも雄が頭をもたげてくるのがわかる。

力強いＤｏｍの足元に、身も心も、何もかもを投げ出してしまいたい。すべてを委ね、されるがままに翻弄されて、正体をなくすほどの悦びに耽溺したい――――。

それがＳｕｂの「本能」であり、「性欲」だ。

舌を何度も甘噛みされているうちに、乳首までが硬くなってきたのがわかって、全身の肌が粟立った。啓佑がゆっくりと顔を離し、ツンと勃った博己の左の乳首を、右手の指先できゅっとつまむ。

「あぅっ……」

「いい反応ですね。こんなにも敏感な体をしているのに、今まで特定のパートナーがいなかったなんて信じられないな」

「ぅ、う……」

硬い乳首をクニクニと指先でもてあそばれ、下腹部がぐんと膨張する。それを察してか、啓佑が命じる。

「腕を下ろしていいです。ズボンと下着を下げなさい」

言われるまま、もたもたとベルトを緩め、前を開いて下着ごと膝まで下ろす。

あらわになった博己の雄蕊(ゆうずい)は屹立していて、すでに期待の涙が溢れている。

「もうこんなに濡らしていたんですか。学生の頃の、真面目な先輩としてのあなたしか知らなかったですが、案外欲望に素直な人だったんですね？」

啓佑が忍び笑うみたいに言って、目を細める。

「先輩が乱れるところが見たいな。そのまま、自分で前を慰めてみて」

「じ、ぶんで……？」

「そうです。俺の前でオナニーをするんですよ。できますよね？」

問いかけは甘美に響き、熱棒はますますピンと張り詰める。

中高時代の後輩の言葉だと思うと羞恥で心が乱されるが、抗いたいという気持ちはない。Ｄｏｍに命じられ、目の前で我を忘れて自慰に耽る自分を想像するだけで、体中が歓喜にわななきそうだ。

でも、今まで出会ったＤｏｍには、出会ったばかりでここまで欲望を煽られたことはない。もしかしたら博己にとっては、「後輩に支配されること」も、劣情を煽られるトリガーの一つなのだろうか。

「で、きる……」

「いいお返事です。では見せて。あなたが身悶え、達するところをね」

「ん、う……、はあ、あっ」

勃ち上がった己自身に指を絡め、搾り上げるみたいに上下させる。

自分の声とは思えないほど上ずった甘い声が洩れ、頭が熱くなるけれど、Ｓｕｂの本能的な欲求に従う悦びは羞恥を軽く凌駕する。もう十分に大人なのに、命じられてそれをしているというだけで、初めて自慰を覚えた少年みたいに手が止まらなくなってしまう。

啓佑がその様子を眺めて、淫靡な声で訊いてくる。

「気持ちいいですか？」

「う、んっ……」

「蜜がどんどん出てきますね。それを幹に絡めてもっときつく扱き上げて。こんなふうに」

「あ、あっ！　んう、ふぅうっ」

また乳首をきゅっとひねり上げられ、軽い痛みに眉を顰(ひそ)める。

Ｓｕｂの被支配欲求は、いわゆる被虐嗜好ではないから、Ｓｕｂは必ずしも痛みに悦びを覚えるわけではない。

だが痛苦を与えてそれをこらえさせること、耐えられたら褒めることは、Ｄｏｍの支配行動としては典型的なものだ。受け入れられない行為ももちろんあるが、啓佑が必ず褒めてくれることがわかっているからこそ、博己も痛みに酔える。熱棒を擦る指をきつく搾り、追い立てるみたいに動かすと、啓佑がさらに強く乳首をねじり上げてきた。

痛みと快感とに交互に身をなぶられ、あっという間に射精感が募ってくる。

「はっ、ああ、啓、佑っ」

「どうしました、博己?」

「も、もうっ……」

「もう、なんです?」

「ぃ、達き、そうっ」

「ふふ、そうですか。素直で可愛いな、先輩は」

「つ、あ……?」

啓佑が右手で左の乳首をつまんだまま、左手で博己の雄の根元をきつく握ってきたから、戸惑って顔を見つめる。啓佑が淫猥な目をして言う。

「まだですよ、博己。俺がいいと言うまで、達くのは許さない」

「う、ぅうっ、で、もっ!」

「手の動きも緩めては駄目です。もっと激しく、速く動かしなさい」

「ふあっ!　ああっ、はああっ」

乳首をキリキリとひねられ、追われるように手を動かす。

射精感は確かに募ってきているが、根元をきつく握られているせいか流れをせき止められたみたいな感覚がある。もう今すぐにでも放出したいと腹の底がぐらぐら滾っているのに、出口が見つからないような状態だ。

こんな感覚は初めてだ。苦痛と紙一重の快感に意識を苛まれて、次第に何も考えられなくなってくる。

「うぅ、はぁっ、も、無、理っ」

「こらえて、博己」

「ぃ、やっ、達き、たいっ、もぅ、達きたぃっ」

「まだです。もっと悦びに溺れなさい」

「や、ぁあっ、あああ」

射精をこらえる切なさと、きつく搾られる乳首の痛み。

甘苦しい責めに知らず涙がにじんでくるけれど、生理的な切迫感の苦しさよりも、Ｄｏｍに支配される悦びが徐々に勝ってくる。ふわふわとした充足感が体に満ちてきて、わけがわからず笑みすら浮かびそうだ。

「あ、ぁあっ、あ、は」

「そうです、博己。自分を投げ出してしまいなさい。俺に全部よこして、ただ快感に狂うんです」

「ふ、ぐぅ、ううう……！」

啓佑の言葉で鼓膜を犯され、全身が震える。もはや目の焦点も合わなくなって、クラクラしながら虚空を見上げると、啓佑が満足げに微笑んだ。

「いい顔だ。あなたのそういう顔が見たかったんだ」

そう言って啓佑が、短く告げる。

「いいでしょう。俺が手を離したら……、達きなさい」

「ふ、ぅうっ、ああっ、アッ――」

啓佑がすっと手を引いた瞬間、腹の底が大きく爆ぜて、目の前が真っ白になった。

自分一人でするのとは比べものにならないほどの、強く鮮烈な絶頂。切っ先から溢れる白蜜はとめどなく、断続的な放出のたび、上体がガクガクとのけぞっていく。

啓佑が博己の首の後ろに手を添え、体を優しく抱き支えて言う。

「よくこらえられましたね、博己。あなたは素直で感度のいい、魅力的なＳｕｂだ」

「……け、いすけっ……」

「何も心配することはありません。先輩がＳｕｂとして安全に、快適に暮らせるよう、俺がきちんと開発してあげますから。もう医者にも抑制剤にも、頼らなくてすむようにね」

啓佑が言って、また博己の頬を撫でる。

その手の温かな感触に、博己はうっとりと浸っていた。

「ダイナミクス」と呼ばれる、男女の性とは別の第二の性。

支配欲求と被支配欲求という、性的指向とは別の生来の指向を軸にカテゴライズされた、新たな「性別」のことで、人類にとって危機的な疫病が蔓延したのち、遺伝子操作によって生み出された。その起源は、今からおよそ二世紀ほど前だといわれている。

支配欲求を持つ「Ｄｏｍ」性と、被支配欲求を持つ「Ｓｕｂ」性、ごくまれに両方の指向を併せ持つ「Ｓｗｉｔｃｈ（スイッチ）」性。

ダイナミクスはその三つの性別に分類され、現代社会を生きる人間のうちの一割、潜在的には二割ほどが、この第二の性の特徴を持って生まれてくる。

第二の性を持たない者は「Ｎｏｒｍａｌ」と呼ばれ、医学的に制御が必要なほどの支配／被支配欲求を抱かないので、ダイナミクス性を持つ者は、圧倒的なマイノリティーだといえる。多くの場合、彼らは一般的な婚姻とは別の特別なパートナーシップを形成し、生まれ持った支配／被支配欲求を特殊な「プレイ」によって満たす形で性愛を育む。

それは彼らにとって、本能的な行動だ。

「……御厨さん、今日はいかがされました？」

「ええと、数日前から、仕事中にしびれるみたいな頭痛と、ときどきめまいがあって。こういうのはここしばらくなかったので、気になって受診しました。熱はありません」

今から半月ほど前のこと。

博己はかかりつけの病院の「ダイナミクス科」を訪れ、主治医の診察を受けていた。

博己の診察の記録を電子カルテで確認して、主治医が言う。

「そうですか。この前抑制剤の種類を変えた影響かな。夜はよく眠れていますか？」

「夜中に何度か目覚めますが、だいたいは」

「食欲はどうです」

「一応ありますが、このところ仕事が忙しくて……、あまりちゃんととれていないです」

「気分の落ち込みなどはありますか？」

「今のところ、特には」

ごく当たり障りのない、主治医の質問。

でももう何年も診てくれている医師なので、博己が抱えている問題はよくわかってくれている。おそらく博己の体調不良の原因にも、もう思い当っているはずだ。

薬を変えたことではなく、薬を飲み続けていることこそが、不調の原因なのだと。

(やっぱりそろそろ限界なのかな。抑制剤でＳｕｂの欲求を抑えるのは)

一般的に、自分がダイナミクス性を持っているかどうかは、子供の頃に受ける定期健診でわかることが多い。

　そしてダイナミクス性ありと診断された子供の保護者には、子供に欲求の発現を抑える抑制剤を飲ませる義務が課せられる。支配／被支配欲求が人格形成に与える影響を弱め、子供の精神の健全な成長をうながすためだ。

　当然、成人になれば服用の義務はないのだが、なんらかの事情で自分がＤｏｍやＳｕｂであることを受け入れたくなかったり、性的なことへの嫌悪感、苦手意識などがあったりする人の場合、むしろ望んで抑制剤を飲み続ける。

　中高時代にＤｏｍの養父から不当な虐待を受けていた博己も、その一人だ。

『おまえは私の犬だよ、博己。飼い主の言うことを聞けない悪い子には、たっぷりお仕置きをしなくてはね』

　ねっとりと絡みつくような養父の声は、今でもときおり博己の脳裏に甦って、心をがさがさとかき乱してくる。

　博己の養父だったＤｏｍの男、御厨聡志（さとし）は、父方の遠縁で、児童文学作家として有名な人物だった。博己が中学二年生のときに両親が事故で亡くなったあと、養子として自宅に引き取って養育し始めたのだが、ほどなく彼は博己を不当に支配し始めた。

　最初は厳しい門限や交際の制限、遊びの禁止など、生活の管理や過干渉という形を取っていたが、次第に身体的虐待へとエスカレートしていった。

学校の成績や生活態度が悪いと言われて苛烈なスパンキングをされたり、裸にされて首輪をつけられ、犬のように扱われたりといった虐待行為に加え、体が成熟したらセックスの相手もさせてやるとまで言われて、博己は絶望しかけていた。

だが高校二年の終わりに、養父は自宅の二階の窓から落ち、頭を強く打ったことが原因で亡くなった。

どうしてか博己にはその前後のはっきりした記憶がないのだが、彼に虐待を受けていた自覚はあったので、自ら病院を受診し、以来ずっとメンタルケアを受け続けてきたのだ。

「……抑制剤、やっぱりそろそろ、難しいんでしょうか？」

探るように訊ねると、主治医がうーん、と考えるふうにうなった。

「そうですねえ……。二十六歳というご年齢を考えると、薬を減らしてＤｏｍとのマッチングを試すことを、おすすめしたいところですが」

「それは……」

言われるまでもなく、博己も試してみたことはある。

だがどうにも上手くいかなかった。

過去の虐待のトラウマのせいなのか、今までＤｏｍとまともな交友関係を築けたためしがない。付き合うことができても、精神的につらい交際や冷たい別れを経験してばかりで、きちんとしたパートナーとの交際などは夢のまた夢だった。

Subであることに嫌気が差して、Normalの人と付き合ってみたりしたこともあったが、Subとしての欲求が満たされないまま、長く人と付き合うことがしんどくなって結局別れてしまった。その後はまた抑制剤で被支配欲の発現を抑えて暮らす生活に戻ってしまったから、もはや自分の欲望がどの程度募っているのかすらもわからなくなるくらい長く、生々しいSub欲求とは縁のない生活を送ってきている。

社会人としては人並みの毎日を送っていたから、それでも問題ないと思っていたが、頭痛やめまいで仕事にも支障が出始めているのだから、やはり限界なのだろう。

「御厨さん、お勤め先には、まだSubであることを伝えていないのですか？」

「ええと……、はい」

「確か、出版社にお勤めですよね？　雇用主には社員の個々の状況に応じた様々な配慮が求められている時代です。仕事中に体調が悪くなるようなら、職場にSubであることを伝えて、適切なサポートをしてもらったほうがいいのでは？」

「職場に、ですか？」

博己の勤務先のアンタレス出版は、かなり大手の出版社だ。

博己は幼い頃に、父親の仕事の関係で外国暮らしを経験し、翻訳者だった母親の影響で海外文学にも親しんできた。それで、大学の文系の学部を卒業後、海外の書籍の翻訳出版を多く手がける今の会社に、編集者を志して入社したのだ。

だがここ数年は、営業の部署に所属している。それはおそらく、Ｓｕｂの特性ゆえだ。被支配欲求を持つＳｕｂは、対面した相手の性格や考え方のくせ、嗜好などを瞬時に、無意識に見抜こうとする。そのため、一般的に洞察力と観察眼が鋭い者が多く、相手の意思や意向を汲み取って交渉したりする能力も高いといわれている。

会社にＳｕｂだと伝えていなくても、そういった生まれ持った能力が買われて、編集者よりも営業部員に向いていると判断されたのではないかと、博己は思っている。

必然的に外に出ることが多い仕事なので、体調が悪いと仕事にとても差し障りがある。会社になんらかの配慮をしてもらえるのなら、それはありがたいことではあるけれど。

（まだまだ偏見が強いからな、日本は）

ＤｏｍやＳｕｂは世界中に均等に存在していて、今はどこの国でも、社会生活に支障が出ないようきちんとした法整備がなされているが、偏見が強い国はもちろんある。

日本も制度上はダイナミクス差別は禁止されており、様々な施策もなされているが、人の心までは縛れないのが世の常だ。支配／被支配欲求という特殊な指向を持つＤｏｍやＳｕｂを、色眼鏡で見るＮｏｒｍａｌも多い。

会社の人事にどの程度理解があるかもわからないし、正直に伝えたとしても、それで博己の生きづらさが解消されるとは到底思えなかった。

こんな指向を持って生まれたなんて、いったいなんの罰なんだと、我が身がいとわしく感じられてくる。

「とりあえず、抑制剤を前のものに戻してみましょうか。それで少し様子を見ましょう」

「……わかりました。会社にも、できたら相談してみます」

博己は気乗りしないまま言って、心の中でため息をついた。


それから一週間が経った日のこと。

博己は都心にある五ツ星ホテルのレセプションホールにいた。

百ほどの出版社や編集プロダクション、印刷会社や取次会社、書店が集まって開かれた、主に翻訳本にフォーカスした本の見本市に、アンタレス出版も出店しているのだ。

(……かなり、きついな)

前の週に、主治医に以前飲んでいた抑制剤を処方してもらい、それから二、三日の間は体調不良が改善していた。

だがこのイベントの準備や、様々な社内調整に走り回っていたここ数日、また調子が悪くなってきた。熱などはないのに、じんわりとした頭痛で頭がぼうっとして集中力を維持するのが難しく、目がかすんで体もだるい。

大事なイベントなので休めないと思い、栄養ドリンクを飲んで気合を入れて家を出てきたが、気持ちがどんよりと沈んでしまい、どうにも元気が出なかった。

抑制剤を長期にわたって服用すると、気力や体力が低下する副作用が知られているから、もしかしたらそれなのだろうか。

「御厨、大丈夫か？　なんか顔が疲れてるぞ？」

同僚に軽く言われて、博己はどうにか作り笑いを浮かべた。

「平気だよ。今日はイベントだと思ったら、昨日ちょっと眠れなくてさ」

「おまえってわりと繊細だよなぁ。終わったら打ち上げでパーッと飲もうぜ！」

「はは、そうだな」

正直言って飲まずに帰りたいが、付き合いだから顔くらい出したほうがいいだろう。

でも、もしかしたら少し休暇を取ったほうがいいのかもしれない。一日、二日でいいから、何もせずにのんびりして、読もうと思って買ったものの積んである海外文学を、少しずつ読んだりして――。

「……博己先輩っ？」

「……？」

「ああ、やっぱりそうか！　御厨、博己さんですよね？」

会社のブースの前でチラシを配っていたら、突然男に声をかけられた。

シックなスーツに身を包んだ、背が高い男。少しくせのある黒髪は無造作な感じにスタイリングされていて、頬骨や顎のラインの形のよさが強調されている。

一瞬誰だかわからなかったが、すっと通った眉と高い鼻梁、ぱっちりとした漆黒の瞳が印象的なその顔を見ていたら、さっと記憶が甦ってきた。

「啓佑？　上條啓佑か！」

「お久しぶりです、博己さん！　たまたま帰国して、気紛れに選んだホテルであなたと再会するなんて、まさか思いもしなかったですよ」

啓佑が言って、さわやかな笑みを見せ、博己が手にしたチラシに目を向ける。

「『翻訳出版ブックフェア』、ですか。先輩、本を作っているんですか？」

「出版社で働いてるんだ。今は営業職だけど、一応編集志望」

「そうですか。とても先輩らしいな。中学とか高校の頃、あなたはいつでも本を読んでいましたもんね」

親しげな表情を見せてそう言う啓佑は、とても快活な様子だ。

最後に会ったのは、確か高校二年の終わり頃だったから、十年前になるか。

啓佑は博己の中高時代の一年後輩で、高一の終わりに留学のため渡米、そのままむこうの大学に進学したと聞いていた。卒業後は投資会社か何かを設立して成功しているらしいという噂だったが、その話は正しいのかもしれない。

これ見よがしなところはまったくないのに、着ているスーツは生地も仕立ても質のいいオーダーメードのように見えるし、時計もシンプルだがスイスの一流ブランドのもので、革靴も間違いなく一級品。

何よりその端整な顔には自信がみなぎっていて、なんだかまぶしいくらいだ。

大手ディベロッパー、上條グループの創業家で、数百年続く旧家である上條家の血を引いていて、昔から立ち居振る舞いや言動に品のある男だったが、さらに磨きがかかって、すっかり洗練された大人の男の雰囲気を漂わせている。

それだけでなく、どうしてか惹きつけられずにはいられない、人としての色気のようなものまでが、にじんでいるような気がして——。

「……博己先輩？　あなた、大丈夫なんですか？」

「え、何が」

「ひどく顔色が悪いです。あまり体調がよくないんじゃないですか？」

気づかわしげにそう訊ねられたから、驚いてしまう。同僚ばかりか久しぶりに会った後輩にまでそう言われるのだから、よほどひどい顔をしているのかもしれない。

でも、さすがに今日一日乗り切るくらいは問題ない。博己は首を横に振って言った。

「平気だよ。昨日ちょっと寝不足だったから、そのせいだと思う」

「昨日今日の寝不足のせいってふうには、見えないんですけど」

「元々こういう顔なんだって！　仕事がまあまあ立て込んでて、それもあって……」

空元気で言い訳をしようとしたそのとき。

啓佑がすっと一歩こちらに身を寄せ、間近で真っ直ぐに目を向けてきた。

「……っ……？」

啓佑のオニキスみたいな美しい瞳が、まるで博己の意識の底を射貫くかのように見つめている。低く、なぜだか抗いがたい声音で、啓佑が言う。

「……俺の前で己を偽るのはやめなさい。具合が悪いのなら、素直にそれを認めるんだ」

「――――」

鼓膜から脳にしみ込むみたいなその声を聞いた途端、ぐらりとめまいを覚えた。

何か言葉を発したいのに、喉から声が出てこない。目をそらすこともできず、啓佑の顔を凝視していたら、やがて目の前がぼやけて、体から力が抜け始めた。

『……えっ！　おい、御厨っ？』

同僚の慌てふためいた声が、ひどく遠くに聞こえる。わけがわからぬまま、博己は意識を手放していた。


『……なあ上條ってさぁ、もしかして、Ｄｏｍなんじゃねえ？』

都内の中高一貫校に通う学生だった頃、生徒たちの間で、何度かそんな噂が立ったことがあった。

ＤｏｍやＳｕｂなど、第二の性を持って生まれた者は、未成年の間は保健所の指導も入るため、だいたい皆例外なく抑制剤を飲んでいる。支配／被支配欲求が極めて低く抑えられているので、周りにわかる形で発現することは、基本的にはあまりない。

他人のダイナミクス性を勝手に公にしたり、決めつけてからかったりすることは、悪質であれば刑事罰の対象にもなりうるし、学生であっても厳しい指導や罰が課されることになるので、あくまで生徒同士でこそこそと言い合っていただけだ。

でも根も葉もない噂だと言い切るには、啓佑は「それらしく」ありすぎた。

ＤｏｍはＳｕｂに対してだけでなく、Ｎｏｒｍａｌに対しても、そして何より自分自身に対しても、ある程度強い支配欲求を持つ。そのため一般的に努力家で、あらゆる面で能力が高く、リーダーシップをとる立場で力を発揮する。

政治家や医師、法律家など、社会的地位が高い職業にＤｏｍが多いのはそれが理由であるし、大胆にリスクを取ることができるので、起業家や投資家などにも向いているとされている。

中高生の頃の啓佑は、成績は常にトップ、運動神経もずばぬけてよく、体格も言動も周りの誰よりも数段大人びていた。中学でも高校でも生徒会役員に推薦されていたし、様々な学校行事で積極的にリーダーシップをとることもあり、誰よりも目立つ生徒だったこと

も、噂が立った理由だろう。

学校というところは、ただでさえ他人の活躍にやっかみを覚える生徒が生まれやすい環境だ。博己は自分自身がＳｕｂであることを伏せて生活していたこともあり、そういう噂話には極力乗らないようにしていた。

啓佑が周りになんとなく敬遠されていたときにも気にせず普通に接していたら、信頼を置いてくれたのか、いつの間にかなついてくれて、彼と親しくなっていたのだ。

噂の真偽など、わざわざ確かめてみたこともなかったのだが。

「……う、ん……？」

「……あ、起きましたか。大丈夫ですか？」

啓佑の心配そうな顔が、視界の横合いからすっと入ってくる。

自分がベッドの上に横たわっているのがわかったが、どうしてそうなったのかはわからない。状況がのみ込めないまま啓佑の端整な顔をぼんやり眺めていると、説明が必要だと思ったのか、彼が言った。

「ブックフェアの会場で急に倒れたんです。ここは同じホテルの、俺が泊まっている部屋ですよ」

「ホテル……？　えっ、待ってくれ、仕事にっ――」

戻らなくてはと慌てて身を起こし、ベッドから立ち上がろうとしたら、さあっと血の気が引いてしまい、ベッド脇によろよろとしゃがみ込んだ。

　啓佑が博己の肩を支えて身をすくい上げ、ベッドに腰かけさせて言う。

「無理しちゃ駄目です。一緒にいたあなたの同僚に名刺を渡して、俺が介抱するから任せてくださいって伝えておきました。会場には会社から応援が来るそうで、気にせず休んでくださいって」

「で、でも、迷惑をかけるわけにはっ」

「俺のことなら気にしないで。仕事にしたって、そんな体調じゃどのみち無理でしょう？」

　啓佑が隣に腰かけながら軽く言って、探るような目でこちらを見つめる。

「あの、博己さん。もし違ったなら、聞かなかったことにして忘れてほしいんですけどね……、あなた、もしかして抑制剤の過剰摂取反応が出てるんじゃないですか？」

「……な、んっ……？」

「その様子だと図星みたいですね。Ｓｕｂ欲求の、抑制剤ですね？」

　納得したみたいに啓佑が言って、少し呆れたふうに続ける。

「先輩もうすぐ二十七でしょう？　この年まで抑制剤を飲んでたら、そりゃ体調も悪くなりますよ。どうしてそんなことになってるんです？」

「なんでだっ……！　どうして俺がＳｕｂだって、わかったんだっ？」

　今まで、自分から告白もしていないのに相手にＳｕｂだと見抜かれたことなどなかった。

体調の悪さから、抑制剤の服用を疑われたこともない。

驚きをぶつけた博己に、啓佑が思案げに言う。

「うーん、そうだなぁ。強いて言うなら、匂いかな」

「匂い？」

「俺はちょっと、鋭敏な体質で。欲求不満なＳｕｂの匂いがうっすらとわかるんです。もちろんそれは、俺がＤｏｍだからこそですけどね」

隠すでもなく淡々とそう口にしたので、ますます驚いてしまう。中高生の頃のあの噂は、やはり本当だったのだ。そうわかった途端、博己ははっと気づいた。

「啓佑……、おまえもしかしてさっき、俺に命令をっ……？」

「それについては謝ります。あまりにも具合が悪そうだったから、なんとかしてあげたくて、つい。同意も得ずに命令したりして、ごめんなさい」

啓佑が心からすまなそうに言って、それからきっぱりとした口調で続ける。

「でも、あのままあそこにいたら、もしかしたら見知らぬＤｏｍの目を引いて何かトラブルになっていたかもしれない。何せあなたの被支配欲求、今にもフェロモンみたいに体中から溢れ出しそうになってますからね」

「そんな……、そんなＳｕｂドロップみたいなこと、あるわけがっ……」

Ｓｕｂドロップというのは、まさに欲求不満のＳｕｂが陥る危機的状況のことだ。

Ｄｏｍのパートナーにきちんと相手をしてもらえなかったり、過度に厳しいお仕置きをされたり、プレイ後に必ず行われるべき「ケア」が不十分であったりといった理由で、被支配欲求が適切に満たされず、激しい気持ちの落ち込みや無力感、不安感に心を苛まれ、心身ともに恐慌状態に陥ることを差す。

ドロップしたＳｕｂは精神の均衡を失ってしまうので、一時的、あるいは長期にわたって、社会生活を営むことが著しく困難になる。

そうしたＳｕｂは、それこそフェロモンを発するように独特の雰囲気を漂わせていることが多く、パートナー以外の不特定多数のＤｏｍを惹きつけてしまい、欲望のはけ口にされることでさらに精神状態が悪くなることもある。凶悪な暴行事件に巻き込まれるといった痛ましい出来事も、それなりに頻繁に起こっていた。

養父に虐待されていた頃、博己も何度かドロップ状態になりかけたが、本格的に堕ちてしまうことがないよう、養父が巧妙にコントロールしていたのだと今はわかる。

当時はまだ未成年で、適正な量の抑制剤を飲んでおり、Ｓｕｂとしての本能にそこまで深く囚われずにすんでいたという側面もある。

だからこそ博己は、成人してからも長いこと抑制剤にすがり続けてきたのだ。

それなのに、飲み続けた結果こんなふうになるなんて、とても受け入れられない。ただでさえＳｕｂである自分に嫌気が差しているのに、欲求不満だなんて……！

「……帰るっ」

今すぐ家に逃げ帰りたい。そして明日は、朝一番でまた医者に行かなくては。

そう思い立ち上がると、啓佑がなだめるように言った。

「まあちょっと待ってくださいよ、博己さん」

「介抱してくれたのは感謝してる。でも俺は、欲求不満なんかじゃないっ！」

「落ち着いて。そんなにむきになって否定しなくてもいいでしょう？」

啓佑が穏やかに言う。

「その気持ちもわからないわけじゃないですけど、ご自分がかなりヤバい状態だってことは自覚すべきです。ほら、ちょっとこっち向いてみて？」

軽く手を引かれてそう言われたので、深く考えずに顔を向ける。

啓佑の目が博己を見つめ、その肉厚な口唇がゆっくりと開く。

「『座れ』、博己」

「ひっ……！」

Ｄｏｍのコマンド、そして呼び捨てにされたことに背筋がゾクゾクして、ぺたんと床に座り込んだ。否応なしにＳｕｂの本能が呼び覚まされ、体がわななくようだ。

「お、まえっ、また、同意もなくっ……！」

懸命に顔を見上げ、啓佑の瞳をにらみつけて、博己ははっと気づいた。

「おまえ今、もしかして、グレアを使ったのかっ？」

「いえいえ、まさか！　さすがにそれはしませんよ。ただのコマンドです」

「でもっ……」

Ｄｏｍは一般的に、グレアと呼ばれる独特の支配能力を持っている。

ダイナミクス性を持つ相手に目線を向け、強く意思を込めれば、それだけで威圧したり委縮させたりすることができるのだ。それによってＤｏｍ同士けん制し合ったり、Ｓｕｂに強制的に言うことを聞かせたりもするのだが……。

「同意もなく仕かけてすみません、博己さん。でも本当に、今のは軽く命令しただけです。もちろんさっきもね。つまり先輩は今、それだけ『欲しがってる』ってことなんですよ」

「そんな……！」

欲求不満だなんて、そんなはずはないと思っていた。

でも先ほどのイベント会場でも、今啓佑に「座れ」と命令されたときも、博己は体で反応した。ごく穏やかな視線を向けられ、軽く命令されただけなのに、博己は一瞬で体の力が抜けたのだ。それればかりか、腹の奥に小さな欲情の火がともって、ヒクヒクと淫らに疼き出したのが感じられる。

Ｓｕｂである博己は、その本能に従って激しく支配されたがっている。目の前のＤｏｍである啓佑に、プレイをしてほしいと思っているのだ。

その事実をありありと知らしめられて、愕然としてしまう。

「本当に、悪かったです。これ以上同意なく何かしたりはしません。どうか、信じて」

啓佑がすまなそうに言って、手を差し出してくる。

その手を取ると、そのまま体を引き上げられ、またベッドに並んで座らされた。

うっかり目を覗き込まないよう、わずかにそらせると啓佑がうなずいた。

「そうですね、不安ならそうしててくれていいです。でもとりあえず、ご自分の状態はわかりましたね？　少し発散しないと、これじゃ危なくて表を歩かせられないってことも」

啓佑がそう言って、噛んで含めるように続ける。

「Ｓｕｂの匂いに敏感なＤｏｍは、何も俺だけじゃないですから。特殊な訓練とか薬物摂取なんかで、Ｄｏｍとしての能力を先鋭化させてるような奴も中にはいますし。通りすがりのＳｕｂを餌食にしようと、手ぐすね引いて待ってるような奴もね」

「それは……」

そういう話は、博己も少しは知っている。世の中には弱っていたり経験の少ないＳｕｂに付け込んで暴虐の限りを貪り尽くす、凶悪なＤｏｍがいるのだ。

啓佑が困ったように首を横に振る。

「Ｓｕｂへの不当な支配や虐待も含めて、世界的に取り締まりの対象ですよ。でも日本は臭いものにはふたをするで、ダイナミクスの存在自体から目をそらしてるところがあるから、規制も緩いんです。Ｓｕｂが何かとトラブルに遭いやすいのは、政府の怠慢のせいじゃないかと思いますね、俺は」

ぼやくみたいに、啓佑が言う。

そう言われると、確かにそうかもしれない。博己がされたような身内のＤｏｍによるＳｕｂへの虐待は、事件として表に出てくる件数こそ少ないけれど、それほど珍しいことではないと、以前ダイナミクス専門医に言われたことがある。Ｓｕｂがきちんとしたパートナーを得て、安定した社会生活を営むのは、そもそも難易度が高いことなのだろう。

でも、それなら自分のようなＳｕｂはどうしたらいいのだろう。本能的な欲求を抑えつつ、Ｄｏｍからの加害の不安にビクビクと怯えて暮らすしかないのか……？

「……ねえ、博己さん。あなた、特定のプレイ相手はいないんですか？」

「いると思うか？」

「あー、すみません、愚問でした。相手がいたら、薬になんか頼ってないですよね」

啓佑が苦笑して、小さくうなずく。

「でも、なんにしても、とりあえずこの場をしのがなきゃ家にも帰れない。そうでしょう？」

「それは、そうだが」

「そんな状態のときに、なんとあなたはちょうど昔の後輩と再会していて、好都合なことにそいつはＤｏｍだ。そうですね？」

「……そう、だけど……、おまえ、何が言いたい？　ひょっとしておまえ、俺とっ……？」

まさかと思い、思わず顔を向けて問いを返すと、啓佑が笑みを見せて言った。

「ええ、そうです。よければ俺とプレイをしませんか。俺今、パートナーいないですし」

「おまえと、プレイっ……？」

そんな話になると思っていなかったので、思わず目を丸くする。

啓佑の大きな漆黒の目を見ていたら、うっかりうなずきそうになったので、博己は慌てて目をそらして首を横にぶんぶんと振った。

「いや、ない。それはあり得ないっ」

「そんな全力で否定します？」

「久しぶりに再会した後輩といきなりプレイだなんて、いたたまれなさすぎるだろっ」

「けどその様子じゃ、かなりご無沙汰でしょ？　俺、そこそこ上手いほうですよ？」

「そういうことを言う奴が上手かったためしがないんだよ！」

貧困なプレイ経験を暴露するようで恥ずかしかったが、はねつけるようにそう言うと、啓佑が一瞬黙ってこちらを見つめた。

「そう、ですか。それはまたなんというか、不運だったというか、なんというか……」

かける言葉に困ったように、啓佑が言う。

それから、ふと何か思い至ったような顔をして、言葉を続ける。

「ああ、でも、そうか。先輩は俺の知らない間に、いろいろと切ない目に遭ってきたってことなんだな……」

「え……」

「今さらと思うかもしれないですけど、俺は学生の頃、先輩とは卒業してもずっといい友人として付き合っていくんだろうなって、そう思ってたんですよ？　でも急にアメリカ留学が決まって、むこうに行ってからも自分のことで精一杯で。いつの間にか、疎遠になってしまっていて」

「啓佑……」

「もっとちゃんと連絡し合ってたら、先輩もここまでＳｕｂをこじらせずにすんだかもしれない。そう思うと、俺は一人のＤｏｍとして、なんだかとても申し訳ない気分です」

「そんな……！　おまえのせいじゃ、ないのに」

別にこじらせているつもりもなかったが、思わぬ言葉になんだか心を打たれる。

正直なところ、いい友人になれそうだと思っていたのはこちらも同じだ。

けれど養父からの虐待の事実や事故死、自分がＳｕｂで、専門の医者にかかり始めたことを、留学を決めて前途の明るい啓佑には、話す気になれなかったのだ。もしもあの頃、啓佑がＤｏｍだと知っていたなら、何か相談していたのかもしれないけれど……。

「博己さん、俺はね。ＤｏｍはいついかなるときでもＳｕｂの味方であるべきだと思っているんです。それが俺の、Ｄｏｍとしての矜持だって言ってもいい」

「……Ｄｏｍとしての、矜持……？」

「もちろん友人としても、あなたを少しでも楽にしてあげたいと思っている。だからどうか、俺に手助けさせてくれませんか。俺に、あなたの信頼を預けてほしい」

「啓佑……」

真摯で温かい啓佑の言葉に、知らず心が震える。

Ｄｏｍにそんなふうに言われたのは初めてだ。信頼を預けてほしいだなんて、支配欲求とは真逆のことを言われているようで、なんだか不思議な感じがするけれど。

(啓佑なら、俺を傷つけないでプレイをしてくれるのか……？)

今まで縁があったＤｏｍの中には、支配欲求と加虐嗜好の区別すらついていないような者もいた。

だが啓佑は、きちんとした知識を持っていそうだし、言葉にも誠意が感じられる。

何より、昨日今日会ったばかりの相手ではないし、そもそも彼が無理やりに何かしようと思っていたなら、ここに連れてきてすぐにだってできたはずだ。

ずっとＤｏｍとの関係を上手く築けずにきたけれど、少なくとも啓佑は信頼の置ける後輩ではあったのだから、その言葉を信じてみたいと、そんな気持ちになってくる。

「……セーフワードを言ったら……、すぐ、やめてくれるか？」

「もちろんですよ。お約束します」

啓佑が即答する。もちろんDomなら皆そう言うのだが、啓佑の言葉にはうわべを取り繕った感じはない。やはり彼に、自分を託してみようか。

「わかった。じゃあ……、俺と、プレイをしてくれ」

おずおずと告げ、顔を見つめると、啓佑がうなずいて言った。

「承知しました。では、あなたのNGプレイを聞かせてくれますか？」

プレイ前の、互いの嗜好のすり合わせ。こういう状況自体久しぶりだから、少し緊張してしまうが、それだけでほんの少し胸が躍るのも感じる。博己は一呼吸置いて答えた。

「……スパンキング、かな」

「特定の部位や用具の種類があれば、教えてください」

「全部だよ。俺は叩かれるのが嫌いなんだ。あと、アニマルプレイも受けつけない。言葉責めも、あまり好きじゃない」

一息にそう言うと、啓佑がへえ、と意外そうな声を出した。

当然の反応だろう。DomとSubのプレイにおいて、スパンキングやアニマルプレイ、言葉責めはかなりスタンダードな行為だ。博己がNGだと告げただけで当惑して、それじゃあどうやって責めたらいいんだと言い出したＤｏｍと、プレイせずそこで終了になったのは、一度や二度ではない。

でも博己のほうも、そこは譲れないのだ。

叩かれたり動物のように扱われたり、罵倒されたりすると、養父にされた虐待の数々を思い出してしまい、それ以上続けられなくなる。プレイ続行拒否のサインである「セーフワード」を、プレイ開始最短一分で叫んだこともあったくらいだ。

Ｄｏｍに対するほとんど唯一の異議申し立ての手段であるセーフワードの発声は、被支配欲求を持つＳｕｂにとって、本能に逆らう行為といえる。発するＳｕｂも苦しいが、相手のＤｏｍの心にもいくらかダメージを与えてしまうので、できればあまり言いたくはない。だからそうなりそうなプレイ上の行為は、ＮＧプレイとして初めから厳格に排除しておきたいのだ。

果たして啓佑は、博己が出した条件を受け入れてくれるのか。緊張しながら待っていると、啓佑がうなずいて言った。

「わかりました。ちゃんと覚えておきます。ほかにはないですか？」

「ないと、思う」

「了解しました。じゃあ、これ以上無理だと思ったら、遠慮なく『ヘタクソ！』って叫んでください」

「へ、ヘタ……？　えっ？　それが、セーフワードなのか？」

「はい。何かほかに希望があるなら、変更しますけど？」

「い、いや、特には……」

(「ヘタクソ」なんてセーフワード、初めて聞いた！)

Ｄｏｍはだいたいプライドが高いから、わざわざそんな言葉を選んだりはしない。たわむれでそう言ったのか、あるいはそれだけプレイに自信があるのか。

よくはわからないが、覚えやすい言葉ではある。実際に口に出すことを想定して頭の中で反芻していると、啓佑が笑みを見せ、右手を差し出して言った。

「それじゃあ、始めましょうか。いい時間にしましょうね、博己さん」

「……あ、ああ」

握手を求められているのだと気づいて、慌てて彼の手を握る。

こんなふうに、礼儀正しく紳士的にプレイを始めるＤｏｍも初めてだ。温かい手の感触にドキリとしていると、啓佑がゆっくりとベッドから立ち上がり、窓辺に歩いていった。

そうして大きな窓にかかったカーテンを勢いよく開ける。

抜けるような青空と、どこまでも遠く続く硬質な東京の街並み。

昼下がりの明るい風景を背に、啓佑がこちらを振り返って、短く声を発する。

「『来い』、博己」

「……っ」

ごく短い、だがそれだけに強く響くコマンド。久しぶりのプレイのせいか一瞬固まっていると、啓佑がすかさず付け加えた。

「命令には返事を」

「は、はいっ……」

博己は跳ねるようにベッドから立ち上がり、さっと啓佑のほうに歩み寄った。

介抱してくれたときに、啓佑が衣服を緩めてくれたのだろう。スーツ姿だったはずだが、博己は今、シャツにスラックスだけを着て、足元も裸足だ。

対して啓佑は、シックな三つ揃いのスーツに革靴を履き、外の光を受けて輝くようだ。生まれながらの「支配者」であるＤｏｍの、まばゆいばかりの生命力と覇気。

彼の体からは、Ｓｕｂである博己を惹きつける色香のようなものが漂ってくる。先ほど啓佑はフェロモンという言葉を使ったが、まさに匂い立つようだ。向き合って立っているだけで体が震え、命じられてもいないのに足元にひざまずきたくてたまらない。

どうか早く、この身を支配してほしい。自分の全部を委ねさせてほしい。

目が潤みそうになるのを感じながら顔を見つめると、啓佑が微笑んで告げた。

「いい子ですね、博己。そのまま、目を閉じなさい」

「は、い……」

言われるまま、目を閉じる。すると頬に啓佑の手が触れ、そっと撫でられたのを感じた。かすかに匂うアンバーのような香り。先ほどは気づかなかったが、これは彼がつけている香水か何かだろうか。心地よい香りで博己の鼻腔をくすぐりながら、啓佑の指が顎に触れ、喉仏のあたりを撫でてくる。

温かい指の感触と、しっとりと汗ばみ始める自分の肌。目を閉じているせいか、触覚が研ぎ澄まされていくのがわかる。こちらからは見えずとも、あの漆黒の瞳に見つめられている感覚にクラクラしていると、啓佑の大きな手が、ふわりと博己の首をつかんできた。

「……っ、う……」

左右の頸動脈をやんわりと絞められて、ビクリと身が震える。気道は確保されているから息苦しさはないけれど、指先だけで血流が押さえられ、頭と顔がジンと熱くなる。

今この瞬間、啓佑の手に自分の命を握られている。

リアルな感覚に、本能的な興奮を呼び覚まされる。Ｄｏｍによって被支配欲が満たされようとしていると感じるだけで、あえいでしまいそうだ。

劣情のあまり息を乱し始めた博己の耳に、啓佑の声が注がれる。

「手を頭の後ろで組んで、ゆっくりと膝をつきなさい。目は閉じたままです」

「……はい」

両腕を上げ、首の上のあたりで手を組むと、そのままくたん、と力が抜けたみたいに、床に膝が落ちた。啓佑の手が喉から離れ、耳の奥でトクトクと心拍が弾む音が聞こえる。

毛足の長いカーペットが敷かれた部屋の、窓際のこの一角にだけ、大理石風のタイルが半円形に埋め込まれていたことに、今さらのように気づく。

「腰は落とさないで。膝立ちになって、口を開けなさい」

「……は、いっ、……ぁ、ん、ふっ」

開いた口唇の間から、啓佑の指が二本、するりと中に滑り込んでくる。

口腔の中を探るみたいに這い回る、長い指。上顎をなぞり、舌をもてあそんでから、裏の柔らかい部分をまさぐってくる。無遠慮に身の内に触れられるのも、とても被支配欲をくすぐられる行為だ。恭順を示したくて思わず吸いつくと、啓佑が訊いてきた。

「これが、好きなんですか？」

「んっ、ん」

「じゃあ、舌で舐めて、味わって。歯を立てては駄目ですよ？」

そう言われ、二本の指を付け根までぐっとのみ込まされ、ウッと息が詰まる。

喉まで届きそうな長さに、一瞬苦しくなったけれど、喉の入り口上部の柔らかい部分を指先で優しく撫でられると、くすぐったいような気持ちいいような、甘美な感覚がある。

もっと味わいたくて、博己は啓佑の指に舌を這わせた。

「ん、ふっ、ぅ、むっ……」

すべすべと滑らかで、ふっくらした彼の指。手首からは、香水の匂いがさらに強く漂う。プレイの間の細かい出来事は、我を忘れてしまって記憶に残らないことも多いが、この香水の匂いは、おそらくは「啓佑の匂い」として博己の記憶に刻まれるだろう。

彼がそれを意図しているのかどうかはわからないが、記憶まで支配されるみたいで、とても官能をくすぐられる。

匂いに意識を支配されながら、口腔をかき回す指を夢中でしゃぶっているだけで、Subとしての自分が解放されていく気がする。喉奥に甘い感覚が走るたび腰が恥ずかしく揺れ、口の端からはだらしなく唾液がこぼれて、喉につっと滴った。

啓佑がふふ、と小さく笑う。

「これだけで、そんなにも昂ってきましたか。やっぱり帰らせなくて正解だったな」

「ふぅ、ん、うっ」

「目を開けていいですよ。俺を見なさい」

「……っ……」

瞼を開くと、潤んだ視界に啓佑の端整な顔が見えた。香水の匂いと指の温かさと低い声とが目の前で像を結び、博己の意識を丸ごと包み込んでくる。

このＤｏｍのものにされたい。どんな命令にでも従い、己を投げ出してしまいたい。

泣きそうなほどの被支配欲求に、膝がガクガクと震える。

「あなたはとてもいい子ですよ、博己。手を下ろしていいです。指をしゃぶったまま服を脱いで。下着まで全部です」

「……ぅ、んんっ」

大きく息を乱しながら、ボタンを外してシャツを脱ぎ捨て、スラックスの前を開いて下着ごと下ろす。

博己の欲望はすでに勃ち上がっていて、切っ先には透明液が覗いている。

焦っているせいか上手く脱げず、足首のところで引っかかってもたついている間に、啓佑の指を口から離してしまいそうになったが、それでは命令に違反することになる。

どうにか吸いつきながら服を足から引き抜くと、啓佑がうなずき、博己の口から指を引き抜いて言った。

「よくできました、博己。立ち上がって、窓の前に立って」

「……はい……」

口腔が空になったことに、思いのほか喪失感を覚えながらも、よろよろと立ち上がって窓に背を向けて立つ。すると啓佑が、首を横に振った。

「そうじゃない。むこうを向いて立つんです。外からよく見えるようにね」

「っ……？」

思わぬ言葉に驚いて、肩越しにちらりと窓の外を見る。

ホテル自体はそれなりに高層だが、この部屋はせいぜい七、八階くらいではないか。片側二車線の幹線道路とその上を通る高速道路に面していて、歩道には人通りも多い。

道を挟んだ向かいはガラス張りのオフィスビルで、どの階にもせわしく働いている人たちが見える。窓際で、しかもむこうを向いてプレイをしていたら、誰かに見られてしまうのでは……。

「どうしました。言うことを聞けないんですか？」

「ち、がっ……」

「もう一度言います。むこうを向いて立ちなさい。そして窓に両肘をつくんです。できますね？」

「ぁ……」

耳から注がれる声に、体の芯が疼く。

人に見られるのは恥ずかしいけれど、啓佑の命令には従いたい。よくできたと褒められ、いい子だと言われたい。博己はうなずいて言った。

「でき、る」

「いいお返事だ。あなたの可愛い姿を見せてください」

可愛い、だなんて、今まで言われたことがないから何やら気恥ずかしいが、甘い言葉にますます欲情が昂る。博己はゆっくりと窓のほうを向き、胸の前に肘をついた。

「腕はもっと高く。手を組んで揃えて」

「はい」

汗ばむ腕を持ち上げ、頭の上で祈りのポーズのように組む。すると背後でしゅるり、と音がして、ハンカチのようなもので持ち上げた両手首をからげてきゅっと縛られた。

「ぁ、うう……っ」

ハンカチが手首に食い込む感触に、ゾクゾクする。

拘束は一番わかりやすい支配だ。もうどんなふうにされても逆らえないかもしれないと、心まで縛られてしまう。

それでも、プレイを人に見られるのには、やはりわずかに心理的抵抗がある。

外を行く誰かに今にも気づかれやしないかと、目をうろうろと泳がせていると、啓佑が背後でスーツのジャケットを脱ぎ、ネクタイも抜き取って傍にある応接テーブルのソファにばさりとかけた。そうして博己の裸の半身を眺めながらゆっくりと袖をまくって、背中に身を寄せて両の尻たぶをきつくつかみ上げてきた。

「ひぅっ」

「腰が引けてる。もっと窓に近づいて。外からよく見えるようにと言ったでしょう？」

「う、ぅ、で、もっ」

「恥ずかしい？　俺の命令には従えないと？」

「あぅっ！　そ、な、ことはっ」

指が食い込むほどに尻たぶをきつくわしづかみにされ、慌てて腰を押し出す。

勃ち上がった雄の先端が窓に触れてしまい、ガラスの冷たい感触に小さくあえぐと、啓佑が背中に身を寄せ、耳朶に口唇を近づけて言った。

「よくできましたね、博己。あなたがここにこうしているのは、何も恥ずかしいことじゃないんですよ？」

「啓、佑っ……」

「あなたは魅力的なＳｕｂだ。俺はできるなら街行く人すべてに、あなたの姿を見せつけてやりたいんです」

「あぁ、んっ……」

彼の右の手が前に回って、博己自身の裏の一筋を指でつっとなぞり上げる。

全裸で手を縛られ、恥ずかしく雄を勃たせたこんな姿を、人に見せつけたいだなんて。

博己にとっては紛れもない羞恥プレイだ。でもそれがＤｏｍである啓佑の望みであれば、従うことには喜びを覚える。それがＳｕｂの悦びであり、本能だからだ。

もしも今、啓佑の望みどおり眼下の街を行くたくさんの人たちがこちらに気づいて、視線でこの身を刺し貫いてきたら。

想像しただけでめまいを覚えるけれど、同時に激しく劣情も募ってくる。

切っ先から透明液がたらたらとこぼれ落ちるのを感じて、はあはあと息を乱すと、啓佑が忍び笑うように言った。

「ぐっしょりじゃないですか、もう。ほら、窓まで濡れてしまって」

「ぅ、う」

「ガラスが冷たくて、気持ちがいいでしょう。腰を使って、もっと擦りつけてみなさい」

「あっ！　ん、んっ……」

左の手で、また尻たぶをひねり上げるみたいにつかまれ、鞭を振るわれた馬のように腰を揺する。欲望の先端部が冷たい窓ガラスに擦れる感触はとても淫猥で、それだけでもどんどん透明液が溢れてくる。啓佑が右手の指でそっとそれをすくい、そのまま右の乳首をくるりとなぞる。

「は、あっ」

博己の乳首はいつの間にか硬くなっていて、触れられただけでビクリと感じてしまう。

二本の指でくにゅくにゅともてあそばれ、きゅっとつままれると、屹立した博己の雄が刺激に反応してビンと跳ねた。啓佑が楽しげに訊いてくる。

「ここが好き？　こうすると、どうです？」

「あぅっ、あ、あ」

きゅっと引っ張られてひねり上げられ、声が裏返る。

何か特別なことをしたわけでもないのに、博己のそこはひどく敏感で、軽くいじられるだけで腹の底がきゅうきゅうと卑猥に収縮する。透明液もとろとろと溢れてきて、幹がぬらぬらと濡れていく。啓佑がそれを眺めて、低く訊いてくる。

「あなたの乳首、ずいぶんと感じやすいな。誰か、ほかのＤｏｍに開発されたんですか？」

「そん、なこと、は」

「本当のことを言うんですよ？　嘘をついたら、どうなるかわかってますよね？」

「嘘、なんて……、あっ、んんっ、はあ、ああっ」

右だけでなく、左の乳首も同時にもてあそばれて、腰がビクビクと跳ねる。

窓から局部が離れてしまうと、啓佑が乳首にきりっと爪を立ててきた。

「いっ……！」

「窓から離さないで。もっときつく押しつけて、いやらしく擦り立てるんです」

「うう、は、はいっ」

自らこぼした蜜で濡れた窓ガラスに切っ先を押しつけて、また淫らに腰を揺する。

硬いものに己を擦りつけて自慰したことはないけれど、窓の外の健全極まる昼下がりの街の様子が背徳感をもよおさせるのか、自分がだんだんと行為に没入していくのがわかる。

啓佑に乳首をいじられる刺激も手伝ってか、たまらなく気持ちよくなってきた。

博己はあえぐように言った。

「ふ、ぁ、啓、佑っ」

「よくなってきた？」

「う、んっ」

「ここも、ぷっくりと大きくなってきましたね」

「はあっ、ああ、ううっ」

両の乳首を指できつくつまみ上げられ、甘い痛みに身悶えする。

啓佑の指でなぶられたそこは、真っ赤なベリーの実みたいになっている。

痛々しくも見えるが、そこを刺激されるだけで体の芯が潤み、欲望もはち切れそうなほど張り詰める。まるで体の中でつながってでもいるみたいだ。引っ張られた乳首の先を指で優しく撫でられたら、だんだん痛いのか気持ちがいいのかわからなくなってきた。

「ああっ、んんっ」

「蜜が濁ってきた。あなたは、胸への刺激だけでも達けそうですね？」

「む、ねで？」

「達ったことがない？　ふふ、そうですか。じゃあ、開発するのが楽しみだな」

「あ、ぁっ、あああ」

両の乳首をキリキリと搾られ、平たい乳頭を指の腹で潰すみたいに擦られて、腰の揺れが止まらない。ガラスで擦られた雄蕊は限界を超えて欲望を主張し、今にも爆ぜてしまいそうだ。自分で慰めたくてたまらないけれど、手は高く上げさせられている。

こらえさせられる切なさに、まなじりが濡れるけれど――。

「ひ、ううっ、む、ねっ、胸、がっ」

「どうしたんです。もしかして、胸で昂ってきた？」

「い、いっ、ああっ、はああっ」

啓佑に乳首を執拗にいたぶられているうち、どうしてか腹の奥が頂の兆しに沸き立ってきた。手で触れてもいないのに、今にも達きそうな気配を感じ、戸惑いを覚える。

博己自身にジュッと血流が流れ込み、腹の底になじみのある射精感が募ってきたのを感じて、知らず腰の動きを速めると、啓佑がそれに気づいて訊いてきた。

「そんなにもいいんですか。胸で、達きそう？」

「んっ、んっ」

「そうですか。でもまだ達っては駄目です。俺がいいと言うまで、そのままこらえなさい」

「やっ、ぁ、む、りっ、も、ぃっ、きた、ぃっ」

「駄目です。あなたは、いい子でしょう？」

優しい口調で言いながらも、啓佑がさらにきつく乳首を責め立ててきたから、ぶんぶんと首を横に振る。

「う、ううっ、ぃや、だっ、や、ぁあっ！」

子供みたいに叫んでみるけれど、責めも射精感も増していくばかりだ。やがて体の芯が激しく痙攣したみたいになって、視界も歪んできて……。

「あ、あっ、だ、めっ、ぃ、く、いくっ、ぃっちゃ——」

こらえようにもどうしようもないまま、全身をビクビクと震わせて絶頂に達する。

切っ先から溢れ出た白蜜がガラス窓にぴちゃぴちゃと跳ね、たらたらと滴り落ちていくのを、啓佑が肩越しに見やってから、苦笑気味に言う。

「……これはまた、ずいぶんと派手に出したな。俺がいいと言うまで、我慢しなければ駄目でしょう？」

「ご、めんっ、な、さっ」

「言うことを聞けない悪い子には、お仕置きをしなくてはね」

どこか甘い口調で、啓佑が言う。

Ｄｏｍにお仕置きと言われると、背中にヒヤリと冷たい汗が浮かぶが、同時に昏い期待も抱いてしまう。お仕置きに耐えたら許してもらえる、よくできたと褒めてもらえると、Ｓｕｂの本能がそう感じるからだろう。

啓佑はいったいどんなお仕置きをしてくれるのだろう。遂精で呆けた頭でぼんやり考えていると、啓佑がハンカチで縛った博己の手首を持ち上げ、結び目のところを首にかけるようにして、手を頭の後ろに回させた。

　そして彼の左腕を前に回し、博己の上体をしっかりと支えて言う。

「悪い子には、こうしようか」

「……っ、あっ！　ぁうッ、ひうぅぅッ……！」

　亀頭の先端を右手の指でやわやわとまさぐられ、裏返った悲鳴が洩れた。

　達したばかりの自身はそれでなくとも敏感で、触られると火花が散りそうなほどの強い刺激が走る。頭の部分は特に強烈で、啓佑の指の腹が擦れるたびに体がバネみたいに大きく跳ねる。

　でもその感覚は快感というよりは、どちらかといえば苦痛に近い。まるで体に電気でも流されているみたいだ。

「やっ、ああっ！　さわ、ちゃッ、やぁぁッ！」

　なんとか逃れたくて、腰をひねろうとするけれど、啓佑の左腕にがっちりと体を押さえられていてそうすることができない。足を閉じようとしてみても、背後から啓佑のたくましい腿に割り開かれ、さらに激しく亀頭を擦られる。

「や、めっ、も、おかしく、なるっ、ヘンに、なるぅう！」

「なりなさい、博己。全部さらけ出すんだ」

「ひうぅっ、ああぁっ、ああああ」

今まで経験したことのない、甘苦しく鮮烈な責め苦に容赦なく身を苛まれ、ただひたすらに身悶え、悲鳴を上げる。

視界はぐにゃぐにゃと歪み、体が痙攣したみたいにビクビクと震えて、まともに自分を保てない。意識を激しく揺さぶられ、正体をなくしてしまいそうだ。

「ぁ、あはっ、もう、ゆる、してっ、許して、くれ、あはっ、あああっ」

緩んだ口唇からだらしなく唾液をこぼしながら、むなしく哀願の言葉を繰り返していると、やがて腹の底にどっと何かがもよおしてくるのを感じた。

博己はひっ、と喉を鳴らして言った。

「や、ああっ、腹がっ、ヘン！　なんか、くるっ」

「何が、くるんです？」

「いや、だっ、こん、なっ、もれ、ちゃ……！」

「洩れ……？」

啓佑が少し考えるように黙って、それからああ、と得心したみたいな声を出した。

「いいですよ。そのまま出しなさい」

「な、んっ？」

「全部さらけ出せと言ったでしょう？　ほら、一滴残らず出してしまうんです」

「あっ！　や、ああっ、はあああ！」

啓佑に指先で先端部をぐりぐりと擦り立てられ、半狂乱で叫ぶ。

もうこれ以上は耐えられない、気が変になってしまうと焦った、次の瞬間。

「あっ、あっ、もれ、るっ、アアッ、アッ……」

排尿感に似た感覚とともに、腹の底で悦びが爆ぜる。

啓佑が耳元でおお、と小さく感嘆したような声を出したのが聞こえたと思ったら、博己の切っ先からぬるく透明な液体が勢いよく放出され、明るい街の風景を切り取る窓ガラスにびしゃっ、びしゃっと降り注いだ。

「ぁ……あぅ……」

下半身を震わすような鈍い快感に、呆けた声がこぼれる。

こんなふうになったのは始めてで、何が起こったのかよくわからない。

もしやお仕置きをされて、失禁してしまった……？

「……潮を吹いたの、初めて？」

「し、お……？」

「とても上手だった。よくできましたね、博己」

啓佑が言って、鼓膜を撫でるみたいな声で続ける。

「あなたは本当に魅力的なＳｕｂだ。最高に可愛い、いいＳｕｂですよ」

「あ、あっ……、啓、佑っ……！」

甘く優しい言葉で褒められ、全身を悦びが駆け抜ける。

Ｄｏｍの命令に従い、お仕置きの責めに耐えたＳｕｂへの、Ｄｏｍからの讃辞。

この瞬間があるから、Ｓｕｂは生きられる、どんなことにだって耐えられると、そう思えてくる。

Ｄｏｍを喜ばせることができたことへの安堵と、褒められた悦びとに恍惚となっていると、啓佑が博己の手首をくくるハンカチをほどいて、腕を自由にしてくれた。ベストを脱ぎ、ぐったりした博己の上体を支えるように抱き寄せ、足の間に差し入れた腿でぐっと狭間を押し上げて、秘密めかした声で言う。

「あなたのここ、とても熱くなってる。後ろにご褒美が欲しい？」

「……っ！　して、くれる、のか？」

「ええ。俺はあなたを腹の奥まで支配してあげられる。あなたがそうしてほしいならね」

啓佑の提案に、思わず笑みがこぼれそうになる。

ＤｏｍとＳｕｂとはプレイを通じて本能を満たし、性愛を交わし合う関係だが、Ｄｏｍの中には、正式なパートナーでない相手や、第一の性が同性だった場合は、挿入を伴うセックスをしない者もいる。今までの数少ない経験を振り返っても、博己はどうしてかそういう相手とばかり当たってきたので、性玩具その他の道具を使われたことはあっても、後孔を使ってのセックスはほとんどしたことがない。

でも博己自身の指向としては、Ｄｏｍに体の奥まで支配されたいと思うほうなので、抱いてもらえるのなら嬉しい。肩越しに啓佑を振り返って、博己は言った。

「欲し、い。俺を、抱いてほしい……！」

「いいでしょう。床に膝と手をついて。そして俺に、『すべて見せろ』」

「……ぁ……、は、はぃっ……」

甘美なコマンドを告げられ、それだけで内奥がヒクヒクと疼く。

大理石風のタイルの床に膝と手をつき、腰を上向けて無防備に後孔をさらすと、啓佑が背後に膝をつき、指先で窄まりをつっとなぞってきた。

「あ、ぁんっ」

「もう、少しほころんでいますね。中はどんな様子かな？」

「んあっ、ぁ……」

指をつぷりと沈められ、くるりと具合を確かめるみたいにかき回されて、甘ったるい声が出てしまう。

博己は男だが、Ｓｕｂ性であるせいか、そこはいくらか交接器官のような反応をする。中も啓佑が触れる前からすでに熱くなっていて、彼の指が擦れるだけで内襞が甘くほどけ、かすかに潤んでいく。指を二本、三本と増やされても柔軟に受け止め、悦びを得ようとするみたいピタピタと吸いついた。啓佑がふふ、と小さく笑う。

「まるで俺の指を引き込もうとしているみたいだ。そんなにも、挿入してほしい？」

「ん、んっ、ほ、しぃっ、おまえの硬いの、欲し、い……！」

「わかりましたよ。すぐに挿れてあげますから、そんなに締めつけないで。丁寧にほどかないと怪我をしてしまうでしょう？」

無意識に窄まりに力が入って指を締めつけてしまったらしく、啓佑が苦笑する。

貪欲すぎる自分を恥ずかしく思い、大人しく従順に待っていると、やがて後ろから指が引き抜かれた。

「そろそろ、いいかな」

啓佑が言って、衣服を緩める。ややあって双丘を両手でつかまれ、狭間に熱いものが押し当てられたから、ゾクリと背筋が震えた。ふっと息を整えて、啓佑が告げる。

「挿れますよ、博己」

「う、んっ……、あっ……、ぁ、あぁぁっ！」

硬い楔みたいな剛直をずぶずぶとねじ込まれ、吐息交じりの声が洩れる。

ボリュームのすさまじさと熱とで、体がみしみしときしむようだ。

でもそれは、博己が何よりも欲しかったものだ。身の内を奥の奥まで支配してくれる、Ｄｏｍの雄々しい肉杭。その圧倒的な存在感に、不思議と安らぎすら覚えるけれど。

「……思ったより、きついな。大丈夫なんですか、博己？」

「んっ……」

「上手く力を抜くことができていないみたいだ。もしかしてあなた、セックスでここを使うのに、あまり慣れてないんじゃないですか?」

背中に落ちる啓佑の声に、ほんの少しためらいが交じる。こういうことは、やはりすぐわかってしまうのだろうか。気づかいは嬉しいのだが。

(もう、動いて、ほしい……)

Ｓｕｂの本能が切実にそう願う。博己は首をひねって振り返り、ねだるみたいに言った。

「平気、だ。早く、欲しいっ」

「でも」

「大丈夫、だから！　お願いだから、動いてっ……」

長く抑制剤を飲んでいると、Ｓｕｂとしての欲求ばかりか、男としての性欲も減退するといわれている。

だが今、博己はこれまで感じたことがないほどの欲望で体が燃え滾っている。啓佑に身を支配され、悦びを与えてほしくて、全身がわなないてしまいそうだ。

Ｓｕｂであることに嫌気が差していたけれど、本当はずっと啓佑のような存在を待っていたのかもしれない。自信と生命力に溢れ、自分をどこまでも深く支配して、安らぎすらもたらしてくれる、強大なＤｏｍの存在を。

「……わかりました。なるべくリラックスしていて、博己」

「う、んっ、ぁっ、ああ、は、ぁ……」

啓佑がごくゆっくりと腰を使い、博己の中を行き来し始める。

体がきしむ感覚はまだあったし、いっぱいまで開かれた窄まりにもかすかな違和感があったが、肉の筒を熱棒で擦られ始めたら、それだけで笑みがこぼれそうになった。

Ｄｏｍに抱かれるのが、嬉しい。体の中まで支配されるのが、嬉しい――。

心と体が歓喜に震える。張り出した先端部で肉襞を繰り返しまくり上げながら、啓佑が徐々に深度を増してくるのを感じるだけで、内筒がとろとろと蕩けてくるのがわかる。

Ｄｏｍの欲望を突き入れられて、博己はＳｕｂとして、ただ素直に喜んでいるのだ。

「ああ、なじんできた。ちゃんと俺を、受け入れ始めたみたいだ」

啓佑がほう、と小さくため息をつく。

「あなたの中、こうしてるだけで熟れてくる。肉の襞が、俺に絡みついてきて……、たまらない感触だ」

「啓、佑っ……」

「もっと奥まで、俺で満たしたい。もう少し、腰を上向けてみて？」

「う、う……、ぁあっ、あっ、あっ！」

言われたとおりに尻をわずかに上向けると、啓佑が大きな手で腰の角度を固定するみたいに押さえ、双丘に下腹部を打ちつけるようにしてきた。

先ほどまでよりさらに奥まで雄を突き入れられて、体を支える腿がぶるぶると震える。

「ん、ぁっ、す、ごい、深、いっ」

「苦しい？」

「だい、じょ、ぶっ……」

ズンと深くまで肉茎で貫かれ、ぬぷりと引き抜かれては、またはめ戻されて。

繰り返される動きの都度、博己の体の芯にじわりじわりと喜悦が走り出す。ゆっくりと、だが確実に、Ｄｏｍに侵食されていくのを感じる。萎えていた博己自身がまた頭をもたげてきたのに気づいたのか、啓佑がふふ、と小さく笑う。

「よくなってきたようですね？　ここは、どう？」

「アッ！　ああっ、んっ、そ、こっ」

肉筒の前壁にあるとある一点を切っ先でぐいぐいと抉られて、声が恥ずかしく裏返る。そこはひどく感じやすく、性玩具で刺激されても快感を得られる場所だが、熱くて硬い男根で擦り立てられて得る快感は、それとは比べものにならないほど強かった。

全身が悦びの虜になって、この身が溶け出してしまいそうだ。

知らず後ろを搾って締めつけてしまったのか、啓佑がウッとうめく。

「……やってくれますね。そうやって煽るなら、こうしてやりましょうか」

「ああああっ！　あっ、はあ、ああっ」

感じる場所をごりごりと擦られ、背筋を快感のしびれがビンビンと駆け上がる。

啓佑の動きは絶妙で、その一点を責め立てながら雄をさらに奥へと進めて、長いリーチを使って最奥近くの弱みまでぐぷぐぷと責めてくる。博己の肉襞が応えるように幹に吸いつくと、抽挿のピッチを上げて蹴散らすみたいに擦り立ててきた。

激しく身を揺さぶられ、博己は一気に快楽の高みへと上らされていく。

「はあっ、ぅうっ、すご、いっ、こん、なっ、ぁあっ、はあああ」

望んでいたとおりの悦びと、それを与えてくれるＤｏｍ。

啓佑に抱かれているだけで、自分のすべてが洗い流されていくみたいだ。過去のトラウマも現在の不安も、何もかもがどうでもよくなって、胸には静かな充足感が満ちてくる。

Ｄｏｍとのプレイでそんなふうに感じたのは、初めてかもしれない。

「あぅうっ！」

知らず腰を揺すって悦びに耽溺していたら、啓佑に両の二の腕をつかまれ、上体ごと後ろに引き上げられた。

「ひ、うっ、ぅう、ふっ！」

剛直でゆっくりと、繰り返し最奥まで深々と刺し貫かれ、クラクラとめまいを覚える。

博己自身はいつの間にか天を突き、啓佑が肉茎を収めるたび、先端からとろとろと透明

液がこぼれる。淫猥な光景に頬を熱くしている博己に、啓佑が顔を近づけて言った。

「奥のほうがうねってきた。気持ちいい？」

「う、んっ、いぃっ、気持ち、ぃっ」

「そうですか。これはご褒美です。達きたければ、今すぐ達きなさい」

「あぅっ、ふうっっ、ひうぅうっ……！」

腕を背後に取られ、膝だけで身を支える状態で、視界がガクガクと揺れるほど激しく腰を打ちつけられて、悲鳴みたいな声が上がる。

圧倒的なDomにとことんまで追い立てられ、今すぐ達けと命じられたら、もう身の昂りが止まらない。楔を打ち込まれる体の芯にざあっと熱が集まり、やがて快楽の波が潮のように満ちてきて――――。

「ぁ、ふっ、ぃ、く……、達、っ……！」

啓佑をきゅうきゅうときつく締めつけながら、博己が頂を極める。

切っ先からは、まるでせきを切ったみたいに白蜜がどくどくと溢れてきた。

「……言われたとおりに達けましたね。博己は本当にいい子だ」

啓佑の甘い声が、鼓膜をくすぐる。褒められた嬉しさを感じた途端、体の力が抜けた。

「おっと……、今回はここらが潮時かな。よく頑張りましたね、博己」

博己の体を背後から支えて、啓佑が言う。

「こっちを向いて、舌を出して」

「ん……」

ひどく頭がぼんやりし始めていたが、首をひねって振り返り、口を開けて舌を伸ばす。

啓佑の肉厚な口唇が舌に吸いつき、軽く歯を立ててから、彼の熱い舌を絡めてくる。

ねぎらうような、深く濃密な口づけ。

博己は恍惚となりながら、甘いキスを味わっていた。


「……己さん。博己さん？」

「つあ！　ご、ごめん、俺、また寝て……」

ホテルの部屋のベッドの上。

博己はホテルの寝間着を着てうつ伏せに横たわり、啓佑に体を揉みほぐしてもらっていた。あまりにも気持ちがよくて、先ほどから何度も寝落ちしてしまっている。

こんなにも丁寧にプレイ後の「ケア」をしてくれるＤｏｍも、博己には初めてだ。

（……ずいぶん慣れてるんだな、啓佑は）

プレイのあと、啓佑は浴室で博己の体を丁寧に洗い、体を抱き支えながらゆっくりと湯に浸からせてくれた。それから髪を乾かして、スキンケアまで施してくれた。

部屋に戻ってみると、先ほど汚した窓辺は何事もなかったかのように綺麗になっており、ベッド脇のテーブルには、美しい一輪の薔薇とワインクーラーに入った冷えたシャンパンとともに、清掃済みのカードが添えられていた。

この部屋が実はダイナミクス向けの特別な部屋で、窓際の床が大理石風のタイルになっているのはプレイや清掃のしやすさのため、窓のむこうからはこちらが見えない仕様になっていると聞いて、博己は驚愕してしまった。

ここは最近できたばかりの外資系のホテルで、日本では試験的に導入されたらしいが、諸外国ではこういうサービスは標準的なのだそうだ。

「……なんか今さらだけど、ちょっと、恥ずかしくなってきたな」

ぼそりとそう言うと、啓佑が博己の肩のあたりをマッサージしながら訊いてきた。

「何が、恥ずかしいんです？」

「おまえと、ものすごく久しぶりに再会したのに、いきなりあんなみっともないところをさらけ出して」

「みっともないところなんてなかったですよ？　最初から最後まで、あなたはとても可愛かったです」

「か、わっ……、それ、さっきも言ってたけど、褒められてる、のか？」

「当たり前じゃないですか！」

啓佑がおかしそうに言って、博己に手ぶりで仰向けになるよううながす。もぞもぞと寝返ると、啓佑が左右の足を順に持ち上げてストレッチをしてくれながら言った。

「Ｓｕｂが自分をさらけ出して、すべてを委ねてくれるからこそ、Ｄｏｍは全力で受け止めてとことんまで可愛がってあげられる。それがプレイの悦びってものでしょう？」

「それは……、そういうプレイは、理想だとは思うけど……」

「そうですね、現実にはなかなかそうはいかないかもしれない。ただ支配欲を満たしたいだけのＤｏｍが多いのは認めます。でも俺に言わせれば、そういう奴はプレイの本当の愉しさを知らない未熟者ですよ！」

そう言って、啓佑が笑みを見せる。

「Ｓｕｂが信頼を預けてくれるなら、Ｄｏｍは代わりに安心を与える義務がある。支配する者とされる者である以上、それは最低限の義務だ。であるなら、あなたが自分でみっともないと感じるくらい己をさらけ出してくれたのは、俺にとっては幸せとしか言いようがないことです」

「幸せ？」

「少なくとも俺は、あなたがそうできるだけの安心感を与えることができていた、ということですからね。あなたが満足してくれたなら、なおいい」

「そんな謙虚なことを言うＤｏｍは初めてだよ。まあ、比べられるほど経験豊かってわけでもないんだけど」

博己は口ごもり、それから探るように啓佑を見つめた。

啓佑が不思議そうに小首をかしげたので、博己は思い切って切り出した。

「昔……、ちょっと、いろいろあって。俺は今まで、Ｓｕｂとしてあまり満たされてこなかった。でも抑制剤を飲んで欲求を抑えれば、それでいいだろうって思ってたんだ」

「……だから、この年まで薬を？」

「ああ。何年か前までは、それなりに上手くいってた。でも仕事が忙しくなって、いろいろ余裕もなくなってきたら、だんだん調子が悪くなって。今日は同僚にも、顔色が悪いって言われたんだよ。おまえと再会してなかったら、どうなってたか」

プレイの相手にこんな話をしたのは初めてだ。

でも啓佑になら、こういう話をしても大丈夫なのではないかと感じた。もちろん、養父に虐待されていたことは、医師以外の誰にも話せる気がしなかったが。

「そういうことだったんですね。でもあなたの気持ちは俺にもわかりますよ。十代の頃は、俺もＤｏｍ欲求の抑制剤がよく効いていたし」

啓佑が言って、小さく首を横に振る。

「けど、ダイナミクスの欲求を抑制剤で抑えるのには限界がある。残念ながら、俺たちはそういうふうに生まれついてしまったんです。なんとか上手く付き合っていくしかないですよ。好むと好まざるとにかかわらずね」

そう言って啓佑が、ベッドに腰かけて博己を見下ろす。

「よし、こんなところか。ちょっと起き上がってみて」

「え……？　う、うん？」

啓佑が妙にニコニコしているので、怪訝に思いながらもベッドの上に体を起こす。

いつもなら、それだけでも軽いだるさや頭痛を感じて、ため息が出るところだが。

「……ん……？　あれっ……？」

「体、軽い？」

「軽い……。え、頭も痛くない！　なんか、すごく元気になってるぞっ？」

「それは何よりです。Ｄｏｍとして、これ以上に喜ばしいことはないですよ」

「啓佑……、じゃあこれって、おまえとプレイをしたから……？」

「言ったじゃないですか。俺はそこそこ上手いって」

「それはっ……、でも、こんなことって……！」

たった一度のプレイとケアとで、あんなにも落ちていた気力と体力が全回復している。

そんなこと、今までなかった。博己が知らなかっただけで、本当にいいプレイというのはこういうものなのか。驚愕で言葉を失っていると、啓佑がさりげない口調で言った。

「さてと。身も心もすっきりしてもらったところで、ちょっと提案があるんですけどね、博己先輩」

「提案？」

「はい。こうやって再会できたのも何かの縁だ。これでサヨナラするのは惜しいですし」

啓佑がそう言って、親しみを感じさせる穏やかな目をしてこちらを見つめる。

「俺は今、ニューヨークで投資顧問会社を経営しています。ほかに二人、共同経営者がいて、これからもっと事業を拡大していこうとしているところで。極東にも、東京支社を置こうってことになってましてね」

「それで日本に戻ってきたのか？　会社は、ご実家のほうともつながりが？」

「いえ、上條グループとは関係ないです。完全に独立別個の会社ですよ。俺はグループとは一切かかわるつもりはないんです。今までもこれからもね」

妙にきっぱりとした口調に、軽い驚きを覚える。

啓佑の実家の上條家は、日本を代表するディベロッパーである上條グループの創業一族だ。学生の頃から、啓佑もいずれはグループ会社の経営にたずさわることになるのだろうといわれていたのだが、どうやらそうではないらしい。

何か事情があるのかもしれないが、啓佑はそれ以上説明はせず、話を続ける。

「東京支社を設立して軌道に乗せるまで、俺はしばらくむこうとこっちを往復することになってましてね。その間ずっとホテル暮らしってのも落ち着かないし、部屋を借りるつもりでいるんですが、先輩さえよければ、ときどきそこで逢いませんか?」

「……え、逢うって……」

「俺は今、特に決まったＳｕｂのパートナーはいません。正式な契約を交わした相手ももちろんいない。だからあなたのプレイパートナーになって、あなたがＳｕｂとして安全に暮らせるよう、開発してあげたいんですよ。ゆくゆくはちゃんとしたパートナーを持てるようにね。どうでしょうか?」

「プレイ、パートナーに……?」

思いがけない提案に、目を丸くしてしまう。

ダイナミクス性を持つ人同士は、婚姻に準ずるパートナーシップである契約パートナーの関係になる者ももちろんいるが、プレイだけの関係であるプレイパートナーとして付き合う者も多い。

子供を持つことを優先して第一の性の指向に従って結婚していたり、プレイの嗜好のすり合わせが難しかったりするせいで、一生の絆を結びづらいから、というのがその理由だ。

だが、まだまだダイナミクスへの偏見が強い日本では、どちらを選択したとしても、あまり好意的な目では見られない。啓佑のように名のある家の出の立派な男が、Ｓｕｂの男を相手にしているなんて知られたら、大きなスキャンダルになるのではないか。

博己はそう思い、ためらいながらも言った。

「……おまえがＤｏｍとして、俺を心配してくれてるなら、それはすごく嬉しいことだよ、啓佑。でもおまえ、世間にＤｏｍだって公言してるのか？」

「うーん、アメリカではしてますけど、日本だと、実家の人間を除けばあなたに話したのが初めてかな？」

ことともなげな様子で、啓佑が言う。

「でも別に公になったからといって何も問題はないです。むこうの共同経営者の一人はＤｏｍ女性で、夫も子もいれば夫公認のプレイパートナーもいる。日本だって建前とはいえダイナミクス差別は禁じられているんです。俺に何も恥じるところはないですよ」

「けど……」

「もちろん、先輩にその気がないのなら無理強いはしないです。ただ友人として、力になってあげたいと思ってるだけです。また仕事中に倒れたりしたらって、心配だし」

「啓佑……」

気づかいが感じられる言葉に、心が和らぐ。

啓佑とのプレイにはとても満足したし、ケアの仕方もすごくよかった。

博己自身は契約パートナーを得たいという願望はさほど強くないほうだし、手慣れたＤｏｍにいいプレイをしてもらえば、少なくとも今よりは、Ｓｕｂとしての自分を受け入れられるようになるのではないかと、そんな気もしてくる。

博己はおずおずと言った。

「おまえの提案は、俺みたいなＳｕｂにとっては、願ってもないことだけど……」

「そう思ってくれます？　じゃあ、プレイパートナーになってくれますか？」

どこか嬉しそうに、啓佑が訊いてくる。こくりとうなずいて、博己は言った。

「おまえが負担でないなら、お願いしたい。けど俺、ずっと抑制剤を飲んできたから、プレイがある生活には慣れてなくて」

「すぐに慣れますよ。じきに抑制剤もいらなくなる」

「ほかにも、いろいろと、知らないこともあるし」

「教えてあげます。俺が知っていることはなんでも」

啓佑が言って、博己の手にそっと自分の手を重ねる。

「二人で少しずつ、いいやり方を探っていきましょう。どうか俺に信頼を預けてください、博己さん」

なぜだか心にしみる啓佑の言葉。博己はまたうなずいて、端整なその顔を見つめていた。


翌週、啓佑は東京湾を望むプレイルーム付きの高級マンションを、東京滞在時の住まいとして借りてきた。

博己は週末になるとその部屋を訪れ、啓佑と様々なプレイを試みるようになった。再会したときからは、そろそろ二か月近くになるだろうか。

そんなとある土曜の午前中のこと。

『……ああ、そうだね。まだ物件を探しているところだけど、いくつかよさそうなところが見つかった。場所は大手町……、まあ、ウォール街みたいなところだよ』

「……っ、んっ、んぅっ」

隣室から聞こえてくるのは、啓佑の滑らかな発音の英語。小一時間ほど前から、ニューヨークの共同経営者たちとオンラインで会議中だ。

対して、猿ぐつわを噛まされた自分の口から洩れるのは、甘く潤んだ吐息みたいな声。

ドア一つ隔てたこの落差に、Ｓｕｂの被支配欲求をひどくくすぐられる。

博己は目下お仕置き中だ。

革製のベルトでできた拘束具を身につけさせられ、腕を背中で固定された状態で、プレイルームのベッドの上に横向きに転がされている。両の乳首には小さな鈴がついたニップルクリップ、欲望は南京錠がついたシリコンケースタイプの貞操帯で縛められ、後孔には小刻みに振動する電動アナルプラグを挿れられている。

感じれば膨らんだ博己自身が貞操帯で圧迫され、身じろげば拘束具のベルトにみしみしと体を締めつけられるので、大人しくしていなければと思うのだが、どうしてもビクビクと身悶えてしまい、ちりんちりんと胸の鈴を鳴らしてしまう。体にはしっとりと汗をまとい、まなじりにはうっすら涙がにじんで、乱れたシーツも湿り気を帯びている。

微弱な刺激を与えられたまま放置され、切なくあえぐばかりなのは、なかなかに甘苦しいお仕置きだ。

でも、お仕置きとご褒美とはＳｕｂにとっては表裏一体だ。そのあたりの機微はもちろん、博己の嗜好をきちんと理解してくれている啓佑とのプレイは、今までに経験したことがないほど心地よかった。

『なるほど。なんとなくわかってきましたよ、先輩の好みのプレイが』

三回ほどプレイをしてみたところで、啓佑はそう言って、今博己を縛めているこの革の拘束具と貞操帯とを使い始めた。

スパンキングとアニマルプレイ、言葉責めがＮＧ、というのは、やはりかなりプレイ上の制約が大きいが、そもそも博己はプレイの経験が乏しく、どんな行為を好むのか、ほかに嫌な行為があるのか、それすらもよくわからないところからのスタートだった。

そんな中、博己はどうやら拘束そのものでかなり興奮するたちのようだと、啓佑はそう見立てたらしい。手足の自由を奪って動けなくすると反応が違う、と言われても、自分ではよくわからなかったのだが、拘束具で体をがっちり固められてあちこちいじられたり、性玩具で感じるところを責められたりすると、我慢できずにすぐ絶頂に達してしまうのだ。

結果、こんなふうに小一時間近く、達くに達けないもどかしい刺激を与えられたまま放置されることになったのだが。

『OK。それじゃ、いい週末を！』

啓佑がそう言って、席を立った音が聞こえてくる。どうやらオンライン会議が終わったようだ。首をひねって頭をドアのほうに向けると、啓佑が部屋に入ってきた。

「……さて。可愛い鈴の音がちりちりと聞こえてましたけど、どうです。反省できましたか、博己？」

「ぅ、んっ、ん」

放置されていた時間はそれほど長くはないのに、啓佑に声をかけられただけで体に甘い震えが走る。こちらにやってきてベッドに腰かけた啓佑に見下ろされたら、アナルプラグをのみ込まされた後ろがきゅうきゅうとはしたなく収縮した。

それを知ってか知らずでか、啓佑が博己の額に汗で張りついた髪を優しく払う。

手首から漂う彼の香水の匂いに、うっとりしてしまう。

「もう目がとろんとしてますね。ここは……？　ああ、こんなに涙を流してたのか。たくさん我慢したんですね、博己は」

「ふ、うっ、ん、ぅ……！」

欲望を包むシリコン製の貞操帯に手で触れられ、ビクリと腰が揺れた。

スリット状に開いた貞操帯の先からは、博己がこぼした透明液が滴って、シーツの上に丸くしみを作っている。それはまるで、博己がお仕置きに耐えた証しみたいだ。

啓佑が満足げに微笑み、博己の口に噛ませた猿ぐつわを外すと、口の端からはだらしなく唾液がこぼれた。はあはあと口で息をする博己を愛おしげに眺め、啓佑が口づけてくる。

「あ、むっ……、ん、うぅ」

口腔を舌でねっとりと舐られ、舌同士を絡められて、クラクラしてしまう。

唾液の糸ができるのも気にせず、啓佑が口唇を離して言う。

「よく頑張りましたね、博己。あなたは本当にいい子だ」

「け、いすけっ」

「ええ、そうですね。いい子には、ご褒美をあげなくてはね？」

「……あ、んっ……」

クッションを腰の下にあてがわれ、横向きの体をごろりと仰向けにされて、胸の鈴がちりんと鳴る。腿につけられたベルトと胸の下を通るベルトとを金具でつながれ、両脚をM字に開かれて固定されたら、貞操帯に包まれた博己自身がビンと跳ねた。

アナルプラグで広げられた窄まりがヒクヒクと震えるのを感じていると、啓佑がベッドサイドテーブルに置いてあったコントローラーのスイッチを押して、振動を止めた。

「抜きますね」

「つ、あっ……」

プラグはティアドロップの形をしていて、外に出ている部分をつかんで引かれるとするりと抜けてしまう。中にたっぷりと施された潤滑液もとぷりとこぼれ出てしまい、体が空っぽになったみたいな喪失感を覚えるが、もっと気持ちのいいもので奥まで満たしてもらえることを知っているからか、貞操帯の先端からは期待の蜜が溢れてくる。

衣服を緩めながらそれを眺めて、啓佑が言う。

「前は、最後までこのままにしておきましょうか」

「えっ……」

「後ろだけでも、達けるでしょう？」

前に貞操帯をつけたままセックスすると、締めつけられていくらかきつく感じる。

だからいつもは途中で外してもらうのだが、つけたままの状態で後ろをガツガツと責め立てられるのは、それはそれで被支配欲求が満たされる行為だった。

口には出さずとも博己がそう感じていることを、啓佑はわかっているのだ。

（……啓佑にセーフワードなんて、使うとき、あるのかな）

「ヘタクソ」なんて、啓佑にはほとんど対極の言葉だ。啓佑はいつも、スマートで抑制がきいたプレイと温かいケアで博己を満たしてくれる。おかげで博己は、Ｄｏｍとのプレイがある生活にも慣れて、心身ともに見違えるほど安定してきている。Ｓｕｂとして今が一番自然な状態にあるのだと、素直にそう感じることができているのだ。

「……挿れますよ、博己」

「あ、あっ！　ぅう、うぁああっ……！」

熱い楔を一息に根元までつながれ、それだけであっけなく達してしまう。

ビクビクと身が震えるたび胸の鈴がちりんと鳴るのが、なんとも恥ずかしい。

プラグの刺激で柔らかくほどけて潤んだ肉襞が、収縮して彼の太い幹に何度も吸いつき、そのたびに貞操帯の先からとぽとぽと白蜜がこぼれてくる。

またもや許しを得ずに達ってしまったと焦ってしまうが、啓佑は楽しげな顔だ。

「まったく、あなたは。本当に感じやすいな。はめただけで達っちゃったんですか？」

「ご、ごめ、なさっ」

「いいですよ、気にしないで。これはご褒美ですからね」

啓佑が言って、中が落ち着くまでそのまま待ってくれる。

やがて蠢動は収まったけれど、媚肉は彼に吸いついたまま離れない。互いの境界があいまいになったみたいな感触がたまらなく心地いい。

啓佑のほうもその感触がいくらかこたえるようで、かすかに眉根を寄せる。

「……うう、ものすごく絡みついてくる。このまま動いたら、俺もすぐにでも搾り出されそうですよ」

「ん、んっ、出して、ほし、いっ……、啓佑の熱いのが、欲しいっ」

「こらこら。そんな可愛い声でねだられたら、抑えがきかなくなっちゃうでしょう?」

啓佑が苦笑しながら言って、ふう、と息を一つ吐く。

「でもまあ、それもいいか。あなたの限界はだいたいわかってきましたし。ギリギリまで何度でも責めてあげますから、好きなだけ達けばいいですよ」

「ぅ、ああっ！　ああっ、はあああっ……！」

啓佑が博己の肩の横あたりに手をつき、覆いかぶさるようにしながらズンズンと腰を打ちつけてきたから、たまらず裏返った声を上げた。

始めから容赦なく最奥まで突き上げられ、息が止まりそうになったけれど、小一時間我慢させられていた体は一度の絶頂くらいでは物足りないようで、腹の奥はまたすぐにぐつぐつと滾り始める。

拘束具で封じられ身動きのできない体を、とめどない快楽で支配される悦び。

啓佑が行き来するたび、Ｓｕｂとしての自分がどこまでも満たされていくのを感じる。

「い、いっ、啓佑、奥、もっと、責め、てっ」

淫らな哀願の言葉に、啓佑の目に昏い光がともる。

目の奥に覗くＤｏｍの支配欲の焔にとりつかれながら、博己は快楽の淵に沈んでいった。

Ｓｕｂである自分を、前向きにとらえられるようになれたら――。

養父に虐待されていた頃はそんなふうにすら思えなかったが、彼の死後、医者にかかるようになって以来、博己はずっとそう願ってきた。

自分なりにいろいろと試してみても上手くいかず、抑制剤の服用にも限界を感じていたときに啓佑と再会できたのは、ある意味運命的といえることだったのかもしれない。

彼とプレイを重ねるごとに、今まで出せなかった自分をさらけ出すことができ、そのたびに少しずつ自分を肯定できるようになっていくのを感じている。

これならＳｕｂとして社会で生きていけると、自信が持てる日も、もしかしたら近いのではないか。そんなふうに考え始めていたある日のこと。

「お呼びでしょうか、部長？」

「ああ、御厨君。どうぞ、入ってくれたまえ」

朝、出社して今日の予定を確認しようとしたところで、上司から営業部長が呼んでいると言われ、博己は怪訝に思いながら会議室に行った。

長テーブルにぽつりと二人だけで向き合うのは、なんだかひどく居心地が悪い。

部長があいまいな笑みを見せて言う。

「急にすまないね。その後、体調はどうかね？」

「良好です。先日のイベントでは、本当にご迷惑をおかけしました」

ブックフェアでの突然の早退について詫びると、部長が小さく手を振った。

「いやいや、気にしないでくれ。誰にでも体調不良はある。ただ会社としては、やはり社員の健康を第一に考えなくてはならないと、改めてそう認識してね」

部長が言って、どこか言いよどみながら続ける。

「それで、その……、きみに、もう少し働きやすい部署に異動してもらって、さらに能力を発揮してもらってはどうかと提案があったんだ」

「異動、ですか。どちらの部署にです？」

「うん、それはだね。総務部の、社史編纂室、なんだが」

部長の言葉に耳を疑う。

そこはいわゆる窓際の部署で、二十代の社員に異動を打診するなんてよほどの事情がない限りまずあり得ない。博己の当惑を察したように、部長が付け加える。

「ちなみに、役職は主査でと考えている。基本的にはリモートワークで、週に二日ほど出社してくれればいい」

「は……？」

「誤解しないでほしいんだが、会社としては、ぜひきみの特性を生かしてほしいんだ。本当に、それだけなんだよ？」

「特性って……」

（まさか、俺がＳｕｂだって申告したからかっ？）

つい先日、博己は人事部に自分がＳｕｂ性であることを告げ、雇用面での配慮を求めた。

それは被雇用者として当然の権利であり、雇用者にはダイナミクス性を持つ者が不利益を被ることがないよう、努力する義務が課せられている。こんなふうにいきなり閑職に異動させようとするなんてもってのほかだ。それに基本的にリモートワークで、というのは、実質出社するなと言っているのと同じではないか。

だがこの人事異動の打診は、平社員である博己を、勤続年数以上の役職である主査に昇進させることとセットになっている。必ずしもダイナミクス差別を禁じた労働法規に違反していると言えるかどうかは、正直微妙なところだ。

「きみの意向も考慮に入れて決定したい。来週の週明けまで、少し考えてみてくれたまえ」

部長がなだめるように言う。博己はなんとも答えられないまま、部長の顔を凝視していた。

その夜のこと。

「お邪魔しま……、うわ？」

週末ごとに通っている、啓佑のマンション。今日はまだ水曜だったが、退勤後、会社から異動の話をされたことを啓佑に打ち明けたら、よかったら今から来ませんかと誘ってくれた。

少し散らかっているけど、と前置きされてはいたが、広い玄関に船便で届いたと思しき段ボール箱が複数と、大量のビジネスレターらしき封筒が山積みになっていたので、驚いてしまう。

曇りガラスのドアを開けてリビングに入っていくと、啓佑はダイニングテーブルに並べた何台かのノートパソコンを見ながら、ヘッドセットをつけて誰かと電話で話をしていた。

どうやら言語はアラビア語だ。何を話しているのかまったくわからないが、おそらくビジネスの相手なのだろう。こちらにちらりと視線を向けて軽く手を上げたので、仕事の邪魔をしないようプレイルームに移動する。

そのままルーフバルコニーに出て、カウチに腰かけて東京湾の夜景を眺めながら、博己は小さくため息をついた。

(辞めようかな、会社)

今の会社、アンタレス出版に新卒で入社して、五年目。

最初の二年は実用書の編集部に所属していたが、その後営業部に異動になり、三年目だ。元々海外文学好きが高じての編集志望だったが、営業の仕事も大切だと思っているし、いずれまた編集の部署に戻してもらえるなら、営業部での経験を生かすこともできるだろうと考えていた。

でもここで社史編纂室に異動になったら、この先のキャリアパスが見えなくなる。

Ｓｕｂであることを打ち明けたせいなのは明らかだから、このまま異動を受け入れるより、さっさと辞めて転職活動を始めたほうがいいのではないか。

「……お疲れさま、先輩」

これからどうしようかとぼんやり考えていたら、啓佑が缶ビールを持ってルーフバルコニーにやってきた。よく冷えた缶を受け取って、博己は言った。

「ありがとう。まだ仕事中だったのに悪かったな？」

「気にしないで」

啓佑が言って、缶ビールのふたを開ける。

軽く乾杯してごくりと飲んで、啓佑が訊いてくる。

「それで？　異動の話、受けるんですか？」

「いや……、辞めて転職活動をしようかなって」

「そうですか。まあ、そうなりますよね」

「大手の出版社だし、いろいろとちゃんとしてるだろうって思ってたんだけどな。こんなことなら、御厨聡志の大ファンだっていう出版社の社長からの入社オファー、受けとけばよかったかも」

養父が有名な児童文学作家で、同じ御厨という名字なので、就職活動のときに何度か身内であることを話す機会があった。

養父が著作から想像されるような、穏やかで優しい好人物とは程遠い人格の持ち主だと知っていたから、博己はあえて、面接等で一切養父の話が出なかったアンタレス出版に就職したのだ。それなりに風通しのいい会社だと思っていたのに、Ｓｕｂだと告げた途端閑職に回されるようなところだったなんて、まさか思いもしなかった。

啓佑が少し考えるように黙って、それから思案げに言う。

「まあダイナミクス差別は論外ですけど、そっちの会社なら上手くいってたかっていうと、それもどうかな。お養父さんはお養父さん、あなたはあなたでしょ？」

「それはそうだ」

「もちろん、あのときこうしていれば、と思うのは人の常ですけどね。じっくり考えて、気がすむまで悩んで、どこかで決断するしかない」

そう言ってまたビールを一口飲んで、啓佑がふと思いついたように続ける。

「あの、博己さん。もし本当に会社を辞めてよそへ転職する気なら、ちょうどいいからしばらく俺のアシスタントになってくれる気ないですか？」

「おまえの？」

「東京支社の設立と、通常のクライアントへのコンサルティング業務を両方回すのは、思ってたより大変で。主に事務作業が滞ってます。あちこち電子化を進めてるのに、玄関にビジネスレターの山ができるくらいにはね」

「あー……」

「雑用ばかりになるかもしれないですけど、できれば手伝ってほしいんです。とりあえず、帰国子女の先輩の語学力は生かせると思いますよ？」

「啓佑……」

ごくさりげない、啓佑の口調。

仕事が立て込んで上手く回せず困っているというのは確かにあるのだろうが、そこには人生の岐路に立たされた友人を助けたい、という気持ちがにじんでいる。

プレイパートナーとして相手をしてくれるだけでなく、仕事のことまで気にかけてくれるなんて、とてもありがたいし、嬉しいことだけれど。

「なんか、申し訳ないな」

「？　なぜそう思うんです？」

「だって俺、おまえに助けてもらってばかりだ。こっちからは、何も返せてないのに」

「そんなこと言わないでくださいよ、先輩。水くさいですよ？」

啓佑が笑みを見せて言う。

「それに、俺はあなただからこそ頼んでるんです」

「え……」

「上條の親族の中には、俺が日本で法人を作ることをあまりよく思っていない人間もいましてね。今うかつに人を雇うと、社外に何か情報が洩れるかもしれないんです」

「そう、なのか？」

「でもあなたなら信頼できる。ほかに頼る相手もいないんです。どうか、お願いしますよ」

そんなふうに言われると、手伝ってやりたい気がしてくる。

会社を辞めるのは大きな決断だが、遅かれ早かれそうなっていたかもしれないし。

（でも、そうなると一緒に過ごす時間が増えるってことだよな……？）

自分にはそこまでの交際経験がないのでわからないが、Ｄｏｍの中には、Ｓｕｂとの付き合いに慣れてきたり、近づきすぎたりすると、プレイ中とそうでない時間の境界があいまいになりがちな者も多い。

啓佑は間違っても日常生活でＳｕｂを束縛したり、横暴な振る舞いをしたりするタイプのＤｏｍではなさそうだが、今までの経験上、やや不安ではある。

「毎日でなくても、いいなら」

「あなたの予定を優先してください。もちろんプレイはプレイで、今までどおりで」

「そういうことなら……、わかったよ。ぜひ、手伝わせてくれ」

「助かります！　退職が決まったら、よろしくお願いしますね！」

啓佑が大きな手を差し出す。博己はその手を取り、ぐっと握った。


実のところ、会社は博己が自分から辞めるのを待っていたのかもしれない。

翌日出社して退職の意向を伝えると、上司がすぐに部長に伝え、特に慰留されることもなかった。事情を知らない同僚には驚かれたが、翌日から有給休暇の消化に入り、月末に退職することとなった。

「……啓佑、紙で来てた請求書だけ、こっちにまとめといたぞ」

「あ、はい！　ありがとうございます」

「ほかに何かすることは？」

「あー……、そうですね。よければ、ノンカフェインのコーヒーを……」

「サーバーいっぱいに作っておいたよ」

「それは嬉しいです。ありがとうございます、先輩。じゃあ今日はもう上がってくれて大丈夫ですよ」

（……本当に、大丈夫なのか？）

もうすぐ夜の七時だが、啓佑はまだ何台かのパソコンをつけて、画面をにらみながら何か熱心に作業中だ。今夜も遅くまで仕事を続けるのだろうか。

有休消化期間に入って時間ができたので、博己は週に何回か啓佑のマンションに仕事の手伝いに来ている。今までは週末にプレイのために来るだけで、啓佑の仕事ぶりをきちんと知る機会がなかったのだが、実際に間近で見てみると、啓佑は毎日昼も夜も、博己の想像以上に精力的に働いていた。

日中は東京市場の動向を見つつ、東京支社設立のためにあちこち回って人と会い、夜になってロンドンやニューヨークの市場が開くと、むこうの共同経営者や顧客と頻繁に連絡を取り合い、ファンドマネージャーとして意見を言ったり、助言をしたりしている。

博己には投資に関する専門知識もスキルもないため、頼まれる仕事は手が回らなくなっている事務の補助が中心で、ほかに買い出しや、軽食の用意などもしている。

元々それ以上のことはできないし、いても役に立たないとわかってはいるが、啓佑が毎晩深夜まで働いているのは明らかに働きすぎだ。Ｄｏｍは体が丈夫で体力のある人が多いとはいえ、健康を害するのではないかと心配になるし、自分にももう少しできることはないかと、博己はそう思ってしまうのだ。

一応週末は休みだが、時差があるためにこの間のように土曜の午前中に会議が入ったりすることもよくあるし、何より半日から一日くらいは、博己のプレイの相手で潰れてしまうのだから、なんだか申し訳ない気持ちもある。

（変に慣れ合ったりしてないのは、ありがたいけど）

仕事を手伝うようになっても、啓佑との距離感に変化はなかった。

彼との時間は、真面目な仕事の時間と爛れたプレイタイムとに、くっきりとわかれている。おかげで博己も変に引きずられたりすることもなく、穏やかで健康的な日々を過ごせていた。Ｄｏｍであるがゆえか、啓佑の仕事の指示は明確で無駄がなく、博己はとても気持ちよく仕事することができている。

でもだからこそ、もっと啓佑の助けになれたらとも思うわけで。

「……そうだ、博己さん。今週は今日でおしまいで大丈夫ですよ」

とりあえず帰ろうと、デイパックを背負おうとしたところで、啓佑が思い出したように言った。まだ火曜なのにと怪訝に思い、顔を向けると、啓佑が唐突に告げてきた。

「実は明日から、ちょっとモスクワに行かなきゃならなくなって」

「それはまた急な……、仕事、だよな？」

「はい、顧客対応です。で、戻りは来週の火曜になります。ですので、申し訳ないんですが、今週末は、あなたとプレイができません」

「いや、そんなこと謝らなくていいよ！　俺もだいぶ落ち着いてきたし」

「そうですか？　でも少し間が空くことになるし、心配だな」

「平気だって。おかげさまで抑制剤もいらなくなったし、至って健康なんだから」

博己は言って、気になっていることを口に出した。

「どっちかっていうとおまえは、俺の心配より自分の心配をしたほうがいいと思うんだけどな。もう少し、ちゃんと休息を取ったほうがいいんじゃないか？」

「休息、ですか？　一応、ちゃんと取っているつもりなんですけど……」

啓佑が意外そうに言って、探るみたいに訊いてくる。

「もしかして、そうは見えない？」

「自覚なしなのか？　俺はおまえが毎日こんなに長時間働いてるなんて、思いもしなかったぞ。おまえ、ちょっとワーカホリック気味なんじゃないのか？」

差し出がましいかなとは思いつつも、率直に思ったままを言うと、啓佑が少し驚いたように目を見開いた。

それからその顔に、今まであまり見せたことのない、どこかほっとしたような表情が浮かんだので、思わずまじまじと顔を見る。どうしてそんな顔をして……？

「……Ｓｕｂの博己さんにそう見えるのなら、本当にそうなのかもしれないな」

「え……？」

「俺にちゃんと伝えてくれて、ありがとうございます。とりあえず今日はもう、仕事は終わりにしますよ。明日に備えなきゃいけないし」

啓佑が言いながら、ぱたぱたとノートパソコンを閉じ、テーブルの上を片づけ始めたので、その切り替えの早さに面食らう。博己の戸惑いに気づいたのか、啓佑が少し考えるように視線を浮かせてから、秘密を告げるみたいに言った。

「たぶん、俺のＤｏｍとしての特性なんだと思うんですけどね。実を言うと、自分では疲労度がよくわからないんですよ。もちろん、極限まで疲れ果てれば気づくんですが、そこに至る途中で自分が無理を重ねていることには、まったく気づかなくて」

そう言って啓佑が、笑みを見せる。

「気づいてくれたのも、教えてくれたのも、先輩だけなんです。あなたは本当に、いいＳｕｂですね」

「……っ……」

プレイ中でもないのにいきなり褒められて、ドキリと心拍が上がった。

相手の状態や調子などを直感的に察することができるのは、確かにＳｕｂの能力なのかもしれない。プレイパートナーとして接しているＤｏｍに褒められたら、それだけで舞い上がりそうな気持ちにもなる。

でも、博己としては純粋にハードワークを心配しただけだ。周りに誰もそれを告げる人がいなかったなんて、むしろそのことのほうが気になる。それこそＤｏｍだから、生き馬の目を抜くビジネスの世界で、周りに隙を見せることなどできないのかもしれないが……。

（俺がＳｕｂだからこそ啓佑の助けになったのなら、それはすごく嬉しいことだ）

お互いマイノリティーだ。プレイという特殊な行為によってだけでなく、ごく普通の社会生活の面でも、こんなふうに助け合えることはあるのだと思うと、あのタイミングで再会できたことが得がたいことのように感じられる。

「戻ったら、少しゆっくりすることにしますよ。たまにはご飯でも行きましょうか？」

いつものＤｏｍらしい余裕に満ちた表情を見せて、啓佑が言う。たまたまその裏側を垣間見たせいか、何やら少々新鮮な気持ちで、博己は啓佑の顔を見返していた。

翌日、啓佑はモスクワに旅立っていった。

博己は退職後の手続きなどもすみ、久しぶりにまとまった時間ができたので、啓佑が出張の間、家に積んでいた海外文学の新刊を読んだりしてのんびりと過ごすことにした。

もちろん、転職のことも考えてはいる。

「……うーん、歴史ものは面白いなぁ」

ドイツの中世の物語を読み終えて、博己は思わず独りごちた。

本を読んでいると、やはり本にたずさわる仕事、とりわけ編集の仕事をしたいなと思うのだが、母がしていたような翻訳の仕事にも興味が湧いてくる。いい機会だし、少し専門的な勉強をしてみるのもいいかもしれない。

博己は英語と、ドイツ語、フランス語が少しできるのだが、啓佑みたいにアラビア語やロシア語、それにアジアの言語ができたら、もっと仕事の世界も開けるのではないかと思う。啓佑も起業してから必要に迫られて学んだらしいし、今からだって十分身につくと思うのだ。

会社組織にこだわらず働けるスキルを身につけたら、理不尽な人事異動に翻弄されることもない。何より、まだ読んだことのない本を読めるようになるのだから、それだけでも楽しいことに違いない。

そんなことを思いながら本を置き、時計を見る。

いつの間にかもう夜の十二時だ。世間的には土曜の夜だし、博己自身も毎日休みなのではあるが、夜更かししたりして生活が乱れるとよくない。

少し早い気もするが、そろそろ寝ようか。

「……ん？　啓佑？」

震え出した携帯電話の液晶画面に、啓佑の名前が浮かんでいる。メッセージではなく、電話をかけてくるのは珍しい。博己は携帯を取り上げて、通話に応じた。

「もしもし、啓佑か？　お疲れ」

『お疲れさまです。今、おうちですか？』

「こっち夜中だぞ。そろそろ風呂入って寝ようかなと思ってたところ。仕事はどう？」

『上々です。予定どおり、火曜には帰国――』

言いかけた啓佑の背後から、何やら大きな歓声と拍手が聞こえてきたから、会話が中断される。がやがやとした人声が流れ、やがてバタンとドアが閉まったみたいな音がして静かになると、啓佑がすまなそうに言った。

『……すみません、ちょっと酔っ払いに囲まれてて。俺の声、聞こえますか？』

「聞こえてるよ。居酒屋にでもいるのか？」

『いえ、パーティーです。顧客がやたらと社交好きで、連日さんざん連れ回されて飲まされてますよ』

「そうか……、それは、大変そうだな？」

一瞬体が心配になったが、啓佑は酒は強いようだし、声の調子も楽しげだから、気にすることはなさそうだ。

そうでなくとも啓佑は活力に溢れていて、東京支社の立ち上げの件で人と会うのに一緒についていったりすると、Ｎｏｒｍａｌの人までも魅了してしまいそうになることがたびたびある。社交好きな人にとっては連れ回しがいがあるのだろう。

それは博己にはない、啓佑の人としての魅力だ。

「あんまり飲みすぎないようにな。そっちで酒っていったらなんだ？　ウオツカとかか？」

『それはちょっと、イメージが古いっていうか……。普通に、ワインですよ？』

啓佑が電話口でふふ、と笑って訊いてくる。

『それで、体調はどうですか。変わりはない？』

「別に、普通だ」

『本当に？　俺なしで週末を迎えて、悶々としてたりしません？』

「……悶々……？」

言われるまで、特に意識してはいなかった。でもこのところ、毎週末啓佑とプレイを重ねていたから、そう訊かれると腹の奥になんとなくぐっとくるものがあった。携帯のむこうに啓佑がいる思うだけで、何か命じられたくてドキドキしてくる。

（けど、さすがに今は、ちょっとな）

パーティーで酒を飲んでいるところだとはいえ、啓佑は一応仕事中だ。それに電話越しに欲しいなんて、そんなことを言うわけにもいかない。

博己は努めて明るい声で言った。

「……いや、してないよ、啓佑。俺は大丈夫だ」

『あ、先輩、今少し考えたでしょ。妙な間が空きましたよ？』

「や、そんなことはっ」

『そういう強がりが一番よくないんです。仕方ないですねえ、ちょっと相手をしてあげましょうか』

啓佑が言って、一呼吸置いて告げる。

『「脱げ」、博己』

「ひゃっ……！」

鼓膜に届いた甘やかなコマンドに、思わず小さく悲鳴を上げた。

同意もなく発せられた命令。一瞬抗おうと思ったけれど、何か言葉を発する間もなく、被支配欲求が高まって体が震えてくるのがわかった。

電話越しの命令でこんなふうになるなんて、思いもしなかった。

『博己？　お返事は？』

「っ……、は、いっ……、あっ！」

思わず答えてしまってから、はっとする。いきなりだろうと電話越しだろうと、自ら同意してしまったからには、もう逆らうわけにはいかない。心の準備もなしにプレイが始まって混乱するが、とにかく言われたとおりにしなければ。

博己は焦りつつも、着ていたシャツとズボンを脱ぎ、ためらった末に下着も脱いだ。ごくりと唾を飲んで、啓佑に告げる。

「脱、げた」

『いつもながらいい子ですね、博己。じゃあ、そのまま浴室に行きなさい。携帯をハンズフリーにして、濡れないところに置くんです』

「……ハンズ、フリー……、こう、かな？」

浴室に行って画面をタップし、言われたとおりにすると、啓佑の声がスピーカーから鳴っているみたいに大きく聞こえてきた。

『できたなら、そうですね……、プレイ用のローションか何か、持っていますか？』

「い、一応」

『ならそれを手にたっぷりと出して、まずは胸を自分で愛撫してみなさい。鏡を見ながら、丁寧にですよ？』

「……はっ、はい……」

浴室の鏡には、欲望の頭がもたげかかった状態の我が身が映っている。両の乳首はツンと勃ち上がっていて、触れてほしいとねだっているみたいだ。

プレイ中の自分の姿なんて、今まで見たことがなかった。ひどく羞恥を覚えるが、頬は期待で上気して紅色に染まり、目は欲情に潤んでとろりとしている。

まるで発情しているみたいな体と、エロティックで煽情的な表情。

啓佑が見ている自分はこんなふうなのだと思うと、何やら倒錯的な気分になってくる。

「……あ……、ぁ、ンんっ……」

ローションをたっぷりとつけた手で両の乳首を撫でると、喉から洩れた声が浴室に響いた。啓佑が電話のむこうで小さく笑う。

『可愛い声だ。もっと胸をいじって、声を聞かせて？』

「はい、ぁあ、ううっ……！」

啓佑の声が甘い蜜みたいに耳に流れ込み、博己を内から支配していく。

彼とプレイをするようになってから、元々感じやすかった博己の乳首は一回り大きく育ち、刺激に反応して触れると弾けそうなほどに熟れるようになった。

ベリーの実のような突起を、ローションで濡れた指でもてあそび、乳頭を優しく撫で擦るだけで、背筋を悦びのしびれがビンビンと駆け上がり、腹の奥はぐつぐつと煮え滾ってくる。欲望はそれだけで硬く勃ち上がり、ぬらぬらと透明な蜜を滴らせた。

鏡の中にそれを見いだして、小さくうなる。そちらに触りたくてうずうずしてくる。

『局部に触れては駄目ですからね。触れていいのは、胸だけですよ？』

「う、うっ、は、ぃ……！」

まるで鏡の中の光景が見えてでもいるみたいに、啓佑にそう釘を刺されて、わなわなと口唇が震える。淫らに濡れそぼった雄蕊を、今すぐにでも手で扱いて吐精したい。

けれどそれは許されざる行為だ。乳首をひねり、つまみ上げるたびに、局部が跳ねてとめどなく蜜が溢れてくるのに、そこに触れることは禁じられている。

博己にできるのは、ただはしたなく腰を揺すって身悶えすることだけだ。

「は、あっ、ううっ、ふっ」

『息が乱れてきましたね。手で前を慰めたい？』

「う、んっ」

『まだこらえて。もちろん、胸だけで達くのも許さないですよ？』

「や、ぁあっ」

博己の状態を見透かしたような啓佑の命令に、切なく声が洩れる。

欲望に一切触れず、完全に胸だけでオーガズムに達することができるようになったのは、啓佑とプレイをするようになってじきのことだ。こうして乳首をまさぐっているだけで、腹の底がヒクヒクと蠢動し始める。激しくなぶって絶頂に達したくて、足がガクガクしてしまう。

立っていることが難しくなって、はあはあと荒く呼吸しながら浴室の壁にもたれかかると、啓佑が察したように言った。

『だいぶ差し迫ってきたかな。じゃあ、胸に触れるのはここで終了です』

「えっ……」

『胸から手を離すんです。床に膝をついて四つに這って』

「ん、んっ、はい……」

無体な命令に唇を噛む。ここまできて途中でやめさせられるなんて、こんなに苦しいこともない。それでも言われたとおり胸から手を離すと、責め苛まれていた乳首がジンジンと脈打って、屹立した欲望からはますます涙がこぼれてきた。

濡れた幹に手をかけたいのをなんとかこらえ、床に膝と手をついて、啓佑の命令を待つ。

やがてさらなる命令の声が、浴室に低く響く。

『できたなら、今度は自分で後ろの孔をいじりなさい。窄まりをほどいて指を挿れて、中をまさぐるんです』

「……は、はいっ……」

後ろを自分でほどいたことはなかったが、そこはすでにヒクついている気配がある。

左手で体を支えて腰を突き出し、狭間を鏡のほうに向けてみると、柔襞がかすかにほころんで薄紅色の媚肉が覗いているのが見えた。

淫らな光景にクラクラしながら、博己はおそるおそる、そこに指を這わせた。

「あ……、あっ……」

乳首をまさぐるうちにローションでふやけてしまった指の腹で、そこを優しく擦る。

乳首や熱棒の先よりも、そこはいくらか繊細な悦びが走るところだ。あえかな快感に声が震えてしまう。そのままほころびにくぷりと指の先を沈めてみたら、まだきついけれど、どうにか中ほどまで挿れられた。

　息を止めたり吐いたり、後ろを緩めたり締めたりしながら付け根まで突き入れると、肉襞の熱さに溶かされそうだった。ほう、と一つため息をついた博己に、啓佑が訊いてくる。

『どんな具合です、博己？』

「指、が、なんとか一本、入った」

『いいですね、その調子です。中の感触はどうですか？』

「す、ごく、熱、いっ」

『じゃあ、ローションを使っていいですから、指をもう一本、一緒に根元まで沈めて、ゆっくりと出し入れしてみなさい。指が滑らかに動いて、いやらしい音が立つようになるまで、何度もね』

「ふ、ぅう……、は、い」

　淫猥な命令に肌が粟立つのを感じながら、指を一度引き抜き、手にローションを注ぎ足してもう一度孔をまさぐる。だが二本同時に挿れようとすると、まだきついのか上手に入らない。啓佑はいつもあんなに上手く窄まりを開いてくれるのに……。

『指を挿れられましたか？』

「う、うっ、ま、だっ」

『無理は禁物ですよ？　そこに傷でもできたら、しばらくあなたにご褒美をあげられなくなる。そんなのは、嫌ですよね？』

「い、やだっ」

子供みたいに答えると、啓佑が電話のむこうでくすくすと笑った。

『あなたはとてもいい子です。言われたことはなんでもできるはずだ。そうでしょう？』

静かに追い詰めるみたいな言葉に、後ろがヒクヒクと疼く。

啓佑の命令に従いたい、よくできたと褒められたいと、泣きそうなほどの思いが胸に溢れる。とにかくなんとかしなくてはと、心がはやって――。

(ローションを、使えば、いいのか？)

ローションのプラスチックボトルを眺め、ぼんやりとそう思う。

博己は床に左腕をつき、尻を高く突き上げてボトルを手に持ち、とがった注ぎ口を後孔にめり込ませるようにあてがった。そのまま息を詰めて、ボトルの中身をぐっと押し出す。

「ふ、ううっ！　ぁあ、ああっ！」

ローションが体内にぴゅるっ、ぴゅるっと注ぎ込まれる感触に、総毛立った。

体温よりも冷たいそれは、ひとかたまりになってゆっくりと内腔の中を滑り、内奥にどろりと溜まっていく。上手く中に入らずこぼれたローションが内腿を伝い落ち、床にもぼたぼたとこぼれた。

ほどなく空になったのでボトルを捨て、指を二本揃えて穿ってみると、今度はローションのぬめりでするりと中に入った。ほっとしながら、上体を起こすと。

「あっ、あ……、はあ、あぁっ……！」

肉壁を撫でるみたいに、ローションが内腔の中でどろっと動いたから、その感覚のあまりの卑猥さに思わず声が裏返った。啓佑が怪訝そうに訊いてくる。

『……博己？　何をしてるんです？』

「……ぁっ……」

『答えなさい。何をやっていたんですか？』

心が急いて勢いでやってしまったが、口に出して説明するのはとてつもなく恥ずかしい。

でもプレイ中にＤｏｍの質問に答えず誤魔化すなんて、そんなことできるわけもない。

頭がかあっと熱くなるのを感じながら、博己は言った。

「ロ、ショ……、入れ、てた」

『……？　どこに？』

「……尻の、中、に」

博己の答えに、啓佑が一瞬黙る。それからどこか楽しげな声で訊いてくる。

『自分で、注ぎ入れた？』

「う、んっ」

『それは素晴らしい。苦しくは、ないですね？』

「大丈、夫。指も、入ったから……、言われた、とおりにっ、ん、んっ、ぅうっ」

啓佑の命令どおり、後ろに挿れた指をゆっくりと出し入れする。

中はとろとろで、動かすたびくちゅ、くちゅ、と水音が立つ。指をツイストさせながら行き来させせると、隙間からローションがにじみ出て手がぬらぬらと濡れた。

電話のむこうで啓佑が低く笑う。

『ふふ、いやらしい音が聞こえる。上手にできたみたいですね』

啓佑が満足げに言って、甘く続ける。

『あなたは本当に素敵だ、博己。今まで出会ったＳｕｂの中で、一番素直で、愛らしい』

「け、いすけっ」

『この距離がもどかしいな。今すぐそこへ行って、あなたを内から支配したい。たっぷりご褒美をあげて、啼かせてあげたいですよ』

啓佑のその言葉だけで、胸がジンとしびれる。

遠くにいても、まるですぐ傍にいてプレイをしてくれているみたいだ。啓佑のふっくらとした指先に後ろを開かれ、肉襞をかき回されているみたいな気分になってきて……。

「ふ、ぅうっ、けいい、すけ、はぅ、うう……！」

『よくなってきましたか？』

「い、い、気持、ち、ぃっ」

『そうですか。なら、そのまま指だけで達きなさい」

「指、だけ、で？」

『指の腹を上手に使って、襞を擦り立てるんです。俺にされているつもりでやりなさい』

「っ！　は、はぃっ、……はあ、あ、ぁあっ」

啓佑の声に導かれるように、夢中になって指を動かす。

後ろはもはや蕩けるほどに熟れ、指が出入りするたびぬちゃぬちゃと淫らな水音が立つ。ローションもすっかり温まって、内腿をとろとろと流れ落ちた。やがてふやけた両の指に内襞がきゅるきゅるとまとわりついて、悦びの波がひたひたと押し寄せてきた。

「ぁうっ、達く、ぃ、く――」

下肢と腰をガクガクと震わせて、絶頂に身を任せる。

初めてのテレフォンプレイ。被支配欲求を満たされ、快感も得られて、身も心も気持ちがいい。けれど欲望の先から滴り落ちる白蜜の青い匂いが、なぜだかほんの少し物哀しい。ここに啓佑はいないから、彼にケアしてもらうことはできないのだ。

このまま放り出されてしまうなんて、あまりにも切なくて……。

『……達けましたか？』

「ん……」

『よくできました、博己。こんなにも遠くからあなたを支配できて、俺も嬉しいですよ』

啓佑が甘い蜜のような声で言う。

『今すぐケアをしてあげたいですが、物理的に難しいですよね？　だからそれは、俺が帰るまでお預けということにしましょう』

「おあ、ずけ？」

『あなたは本当に素晴らしいＳｕｂだ。帰ったらもっと可愛がってあげたいし、時間をかけて丁寧にケアしてあげたい。俺が帰るまで、待てますよね？』

啓佑の言葉が、ケアを求めて渇きかけていた心に水のようにしみる。

お預けをされるなんて、プレイの続きみたいだ。こんなふうに逢わずともＳｕｂを支配し、満足させて希望を持たせることができるＤｏｍがいるなんて――。

「待てる……、待ってる、からっ……」

博己は言って、ねだるみたいに続けた。

「早く、帰ってきて、くれ」

『はい、お約束します。体を流したら、今夜はゆっくり休んで。おやすみなさい、博己』

鼓膜をくすぐるみたいな声で啓佑が言って、通話を切る。

体の芯に期待の種火がともったような気持ちで、博己はほう、とため息をついた。

Ｄｏｍにケアのお預けをされたまま、普通に日常の時間を過ごすというのは、なんとも不思議な感覚だった。

ただのプレイパートナーなのに、まるで契約パートナーにでもなったみたいな気分だ。

通常、ＳｕｂがＤｏｍと婚姻に準ずる関係になるときには、Ｄｏｍから「クレーム」と呼ばれる求婚のような申し込みをされ、それを受け入れることで、二人は正式な契約パートナーになる。そのとき、ＳｕｂはＤｏｍから首輪（カラー）や指輪などの契約のしるしの贈り物をもらって、契約成立以降は常にそれを身につけていることが多い。

そういうしるしは、それだけでＤｏｍの支配欲を満たすことはもちろん、対外的にもＳｕｂの気持ちの上でも、強い絆を結んだ相手がいることを感じさせ、Ｓｕｂの心身を守ってくれる大切なものなのだが、今の博己は、何か見えない首輪で心を守られているみたいな、そんな感覚に陥っているのだ。

養父から虐待を受け、動物のように扱われていたときに、一方的に首輪をつけられて鎖でつながれていたから、博己は本来、あまり首輪は好きではない。

けれど啓佑がくれた約束の言葉には、ちょうど契約の首輪みたいな力があって、逢えなくても博己を支えてくれているのを感じる。プレイパートナーのＳｕｂを相手にこんなにも強い安心感を与えられるなんて、啓佑は間違いなくＤｏｍとして一流なのだと思う。

いっときの相手とはいえ、そういうＤｏｍと出会えたことは、博己にとっては幸いだ。

一流を知っていれば、この先妙な相手に引っかかることもなくなるだろうし……。

「……あ。啓佑、起きたのか？」

携帯に、啓佑からのおはようのメッセージが来る。もうすぐ昼の十一時だからおはようという時間でもないが、昨日の夕方帰国したばかりだし、今朝はゆっくり寝ていたのだろう。

続けて、今日は予定どおりに家に来てください、お土産もいっぱいあります、ときたから、知らず心拍が跳ねた。

午後から啓佑のマンションで逢えるのだと思うと、それだけでドキドキしてしまう。でも、ものすごく期待していると思われてもなんとなく恥ずかしいから、了解、とだけ返事をして携帯を置いた。

とりあえず、出かけるまでに家のことでも片づけておこう。

なんとなくウキウキしながら、洗濯機を回そうと立ち上がると。

「……電話？　誰だ、これ」

一瞬啓佑からかと思ったが、今度は見知らぬ番号からの電話だ。無視してもよかったが、一応出てみようと思い、博己は通話に応じた。

「……はい」

『あ、こんにちは！　こちら御厨博己様のお電話でよろしいでしょうか？』

明るく元気な女性の声。あまり覚えがないし、知り合いではなさそうだが、誰だろう。

「そちらは？」

『申し遅れました！　わたくし、東京メトロポリタンテレビの斉木と申します！　突然のお電話失礼いたします。アンタレス出版の菅井様からご紹介をいただきまして、お電話させていただきました！　児童文学作家の、故御厨聡志先生の著作権を管理されている、息子さんですよね？』

菅井、と記憶を巡らせて、取締役の一人だったと思い出す。辞めた社員の個人情報を外に洩らすなんて、あの会社のコンプライアンスはどうなっているのだろう。

『実はこのたび、御厨先生の作品を取り上げた子育て番組を企画しておりまして、ぜひご協力いただけないかと思いまして』

「テレビの番組、ということですか？」

『はい。わたくしもそうなのですが、御厨先生の作品を読んで育った子供たちが、今ちょうど親になる年代で。懐かしい作品と子育ての今を優しい視点でつづる、三回シリーズでと考えております！』

斉木と名乗った女性の陽気でエネルギッシュな声に、なんだかとてもげんなりする。

生前は子供の心情を繊細に描いた児童向けの本をいくつも発表して、いまだに根強い人気を誇る養父だが、お世辞にも子育てには向いていなかった。養子に引き取ったＳｕｂの博己にしていたことを知ったなら、斉木もこんな無邪気なことは言わないだろう。

とはいえ、それはおそらくこの先誰にも知られることのない秘密だ。先生のご本を読んで救われましたとか、孤独な気持ちが慰められました、というような感想を送ってくる子供の読者やかつての子供たちに、真実を告げて哀しい思いをさせたくはない。

作品を紹介したり教育の現場などで取り上げたいという話が来たら、これまでも基本的には全部ＯＫしてきた。博己はなるべく愛想よく聞こえるよう、明るく答えた。

「かまいませんよ。子育て番組なら養父も喜ぶでしょう」

『ありがとうございます！　大変助かります。つきましては、ぜひご身内でいらっしゃる博己様にインタビューをさせていただきたいのですが』

「ええと……、すみませんが、そういうのは、ちょっと……」

『博己様は、御厨先生のご養子だったのですよね？　本企画のコンセプトは子育てですので、ぜひお願いしたいのです。普段の先生の様子なんかを、いくつかお聞かせいただきたいんです』

斉木が言って、わずかに声を潜める。

『ご自宅で不慮の事故に遭われたのは、確か十年前でしたか。博己様はそのときにも、お傍にいらしたんですよね？』

「……！」

『あのう……、先生が亡くなったのは事故ではなく、自殺だった、という噂も聞いたのですが、本当ですか？』

斉木の不躾な質問に、かすかな頭痛を覚える。

そのときの記憶はひどくあいまいで、博己は自分で救急に電話をしたのに、駆けつけた隊員に何が起こったのかを上手く説明できなかった。

養父は博己が今も住んでいるこの二階建ての家の庭で、頭を打って血を流した状態で見つかった。二階の窓から落ちたらしく、救急搬送先の病院で三日後に亡くなったが、自殺するようなタイプではないと思うし、仮にそうだったのだとしても、博己にはその理由はわからない。

どうしてそんなことを、今さら他人に訊かれなければならないのだろう。人の家に土足でずかずかと踏み込んでくるみたいな斉木の態度に、ひどく不快な気持ちになる。

「……すみません。昔のことは話したくありません」

『あの、でも』

「申し訳ないですが、今回のお話はなかったことにしてください。お電話も、今後は勘弁願います。失礼します！」

何か言いかけている斉木を無視して、通話を切る。

着信拒否の登録をしながら、博己は深くため息をついた。

それから数時間後のこと。

「先輩？」

「え……？」

「それ、こぼれそうですけど？」

「……？　わっ」

手に持ったアイスティーのグラスが大きく傾いているのに気づいて、博己は慌ててローテーブルに置いた。

一週間ぶりの啓佑のマンション。

リビングの大きなソファに啓佑と並んで腰かけ、ローテーブルに広げられたモスクワ土産の数々を興味深く眺めていたのに、一瞬意識が遠くへ飛んでいた。

啓佑と逢ってプレイの続きをして、先ほどの電話の件などさっさと忘れたいと思ってここに来たのに、博己は気づくと、養父が血まみれで倒れているのを見つけたときのことを考えてしまっている。

斉木の陽気な声と明け透けな質問を思い出すと腹立たしく、心がざわざわと落ち着かない。興味本位であんなことを言ってくるなんて、いったいどういうつもりで……。

「ねえ、博己先輩？」

「ん？」

「あなた今、何かひどく気になっていることがあるでしょう。それでちょっと、意識が散漫になってる」

「えっ、そ、そんなことはっ」

「そうですか？　本当に？　俺の目を見て、否定できますか？」

啓佑がからかうように言って、軽く告げる。

「こっちを見て、博己さん」

「っ……」

Ｄｏｍとしての命令なのか、それともただの軽口か。微妙に判断しづらい声音だが、啓佑にそう言われるとそれだけで背筋が震える。

プレイ中でもないし、なんでもないと否定しても本能に逆らう行為ではなさそうに思えるが、何しろ啓佑は、博己が抑制剤の過剰摂取反応を起こしていることを瞬時に見抜いた男だ。何かあったようだと気づかれていながらそうでないふりをするのも、むしろ居心地が悪そうな気がする。

おずおずと顔を向けると、啓佑が博己の顔をまじまじと眺めて、憂うように言った。

「……あー、これはいくらか深刻だな。目の奥がどんより暗くなってる」

「え！　そ、そんなの、見えるのかっ？」

「まあ、なんとなくですけどね。プレイどころじゃないでしょう、これじゃあ」

啓佑がそう言って、気づかうように微笑む。

「そういうときは、やめておいたほうがいいですよ。せっかくのプレイを楽しめないんじゃ、つまらないでしょ？」

「啓、佑……」

スマートで優しい態度に、ささくれ立った心が慰められる。

プレイは基本的に二人でするもので、どちらかの精神状態が整っていないときに中止するのはごく当たり前のことだが、お預けのあとの最初のプレイだ。きっと啓佑なりにプランを立ててくれていたはずだと思うと、なんだか申し訳なくなってしまう。

「……ごめん」

「そんなふうにＳｕｂに謝らせるのは、Ｄｏｍとして不甲斐ないです。気にしないで？」

「でも……」

「ＤｏｍならＳｕｂの状態は常に察してしかるべきです。あなたが申し訳ないなんて思わずにすむ言い方が、もっとあったはずなのにな。こちらこそ、気が回らなくてすみません」

啓佑が言って、小さく頭を下げる。それから話題をさっと変えて言った。

「そういや、この間いい店を見つけたんですよ。今夜は飲みにでも行きませんか？」

「いい、けど」

「じゃあ予約しときます。平日だし今からでも大丈夫でしょう。出かけるまで、のんびりくつろいでいてくださいね」

そう言って啓佑が、携帯で店を予約する。まるで何事もなかったみたいに。

(何があったとか、そういうことを訊かないんだな、啓佑は)

先ほどの電話の件があったから、根掘り葉掘り訊いてきたりしない啓佑の慎み深さは、とてもありがたいのだけれど——。

(……少しだけ、聞いてほしいな。啓佑には、俺の話を)

今日あったことだけでなく、昔の話を。博己にとって養父がどんな存在だったのかも含めて、不躾なテレビ局のインタビュアーにではなく、啓佑にこそ、自分のことを話したい。啓佑になら話せるかもしれないと、どうしてかそんなふうに思うのだ。

もちろん何もかも話せるわけではないけれど、自分にも吐き出したい気持ちがあるのだと、強い思いがこみ上げてくる。

「……よし、と。七時に予約しました。それまで——」

「啓佑、よければ、ちょっと話を聞いてもらえないか」

そう切り出すと、啓佑が口をつぐんだ。そのままうながすようにこちらを見つめてきたから、博己は思い切って話し出した。

「午前中、テレビ局の人から電話があって。父の……、養父の御厨聡志の本を取り上げたテレビ番組を作りたいから、協力してほしいって言われて」

「……お養父さんの本ていうと、確か児童文学ですよね？」

「うん。あの人の作品は今でも人気があって、子育て番組の企画だって話だったから、いいですよって言ったんだ。今までも、そういう話があるたびOKしてたから」

博己は言葉を切って、斉木の声を思い浮かべながら続けた。

「けど、息子のあなたにもインタビューしたいって言われて。すごく失礼なことを言われたから、結局お断りしたんだ。元々、あまり思い出したくない人だったし」

口に出してそう言ってから、はっとする。

思い出したくない人、だなんて、養父に対していい感情を抱いていないと言っているようなものだ。医師以外の誰かにその気持ちを言ったことはないし、どうしてか話したことに罪悪感を覚える。

なんとも言いようのない不安を覚え、思わず啓佑の顔を見ると、彼がうなずいて言った。

「そりゃ、断って当然でしょう。図々しい人間にあれこれ訊かれたら、つられてつまらないことまで思い出させられるかもしれない。拒否したのは正解だと思いますよ？」

手放しの肯定の言葉に、安堵の気持ちが湧き起こる。

共感してもらえたのだから、ここで話を終わりにすればいい。そう思ったのだが。

（……そうじゃ、ない。俺が聞いてほしいのは、それだけじゃ、ないんだ）

養父の本性を、理不尽に虐待されていた過去を、親しい誰かに聞いてもらいたい。

本心では、博己はずっとそう思ってきた。

だが得体の知れない何かが、博己のその気持ちを抑えつけている。医師以外の誰かに話してしまうことは、何やら禁忌に触れる行為のように思えて、ずっとそうすることができなかったのだ。

でもどうにか、少しでも、啓佑に知ってもらいたい。博己はぐっと拳を握って、声が震えそうになるのを抑えて言った。

「養父は……、あの人は、周りから思われているような善良な人間じゃ、なかったんだ。だから俺は、ずっとつらかった」

「……博己さん……？」

「あの人の作品は素晴らしいよ。たくさん読まれて、多くの人を幸せにしてきた。でもあの人自身は……、決していい人じゃ、なかったんだ」

ずっと心の内に隠していた秘密を、友人に打ち明けた解放感。

だが同時に、やはり自分は悪いことをしたのではないかと、不安な気持ちがこみ上げてくる。いったいどうして、いつから、こんなふうに思うようになったのだろう。

「……あなたはその気持ちを、ずっと一人で抱えていたんですか？」

啓佑が静かに訊いてくる。養父の悪口を言っているような後ろめたい気持ちが、啓佑の声の穏やかさですっと消える。何か少し勇気づけられたような気分で、博己は答えた。

「抑制剤の処方をしてくれていた医者には、話した。でもほかの人には、そんなこと……」

「そうですか。一つ言わせてもらうなら、あなたは何も悪くないです。身内だからこそわかること、許せないことは、誰にでもありますし。たとえ周りからは人格者といわれているような、そういう人物であってもね」

「啓佑……」

「でも、そうかといって誰にでも話せるわけじゃない。話したくても話せないことも確かにある。だから、あなたは何も悪くないんです、いつだってね」

啓佑がきっぱりと言って、慰めるようにそっと肩に手を置いてくる。

「よく話してくれましたね、博己さん。つらかったですよね？」

「……っ……」

「こう言ったら変かもしれないけど、俺になら話せるって、あなたがそう思ってくれたなら、俺は嬉しいです。俺を信頼してくれて、ありがとうございます」

博己の言葉を受け止め、そんなふうに言ってくれる啓佑に、なんだか救われたみたいな気持ちになる。今この瞬間、啓佑が傍にいてくれたことが嬉しくて、泣き出しそうだ。

それを誤魔化そうと、氷が溶けてしまったアイスティーをごくごくと飲むと、啓佑がふと思いついたように言った。

「……ああ、やっぱり、ご褒美をあげたいな」

「え」

「あ、プレイ的な意味じゃないですよ？　俺はＤｏｍだから、Ｓｕｂに信頼を預けられたら、きちんと応えたいと思うだけです」

そう言って啓佑が、思案げな顔をする。

「先輩、転職活動をするんですよね？」

「そのつもりだけど……？」

「じゃあ、今からちょっと出かけましょうか」

「えっ、ど、どこへ？」

いきなりの提案に驚くと、啓佑がニコリと微笑んで言った。

「いいところです。この間のプレイの続きだと思って、俺に付き合ってくださいよ。もちろん、俺のすることに逆らいたくなったら、遠慮なくセーフワードを言ってくれていいですから！

「いらっしゃいませ、上條様」

「こんにちは、永井さん。急にすみませんね」

「とんでもない。数あるテーラーの中から当店をお選びいただき、いつも大変嬉しく思っておりますよ。さあ、中へどうぞ」

永井と呼ばれた初老の紳士が、にこやかに啓佑と博己を迎える。

銀座の一等地にある、老舗テーラー。思いがけない場所に連れてこられ、大いに戸惑いながら、博己は啓佑について店内に入っていった。

美しいスーツをまとったマネキンがいくつも並ぶ、ガラス張りのショーケース。

奥行きのあるフロアの壁面に作り付けられた引き出しや台には、様々な色や材質の生地が並んでいる。シャツやネクタイ、シューズやバッグなどの小物も、フロア中央にあるマホガニー材のロングチェスト風のケースに細々と陳列されている。

どれも見るからに一級品、有名百貨店でも、ここまでの品揃えは見たことがない。

静かで洗練された独特の雰囲気に、何やら少し気圧されていると、店内が見渡せるテーブル席へと案内された。博己に名刺を差し出して、永井が言う。

「当店のチーフを務めております、永井と申します。初めまして」

「は、初めまして、御厨と申します」

名刺を受け取り、緊張しながら答えると、啓佑が笑みを見せて言った。

「俺のスーツは、ずっとここで仕立ててもらっているんです。それで、あなたにもあつらえてあげたいと思って」

「俺に？」

「ワイシャツも一緒にオーダーするといいですよ。もしよかったら、ネクタイとシューズも合わせてみたら……」

「ちょ、ちょっと、待ってくれ！　なんでいきなりそんなっ？」

「転職活動をするんでしょう？　新卒の学生じゃないんだから、それなりのものを着たほうがいいです。永井さん、さっそくですけど、ジャケットと生地のサンプルをお願いします」

「かしこまりました。少々お待ちを」

優雅な物腰でお辞儀をして、永井がテーブルを離れる。

博己は混乱したまま、啓佑にうながされて席に着いた。

（それなりのもの、って、ここのスーツ、どう考えても超高級品だろ……！）

博己は今まで、スーツはせいぜい、百貨店のメンズフロアの既製品か、よくてセミオーダーのものしか着たことがない。オーダースーツなんて分不相応な気がするし、シャツやシューズまで揃えたらいくらかかるのか見当もつかない。

　というか、「あつらえてあげたい」ということは、啓佑が一揃い購入してくれるとか、そういう意味なのか……？

「先輩、動揺してます？」

「そりゃ、するだろ！　こんなちゃんとしたテーラー、今まで来たことないし」

「お気持ちはごもっともです。でも、ご褒美だって言ったでしょ？　それにこれは、俺の支配欲求を満たす行為でもあるんです」

「っ……？」

「パートナーのＳｕｂに、俺の見立てた最高の衣服をまとわせる。俺にとっては、たまらなく心躍る支配行為ですよ」

　潜めた声で啓佑が言って、艶めいた目をして訊いてくる。

「こういうの、嫌いですか？　恋人か何かみたいで、押しつけがましいと感じます？」

「い、いや、そんなことはっ……」

「なんにしても、受け入れられないと感じたなら、遠慮なくセーフワードを告げてくださってけっこうです。でもそうでないなら、俺にあなたを支配させてほしい。どうか、お願いします」

　うっとりするような甘い声音でそう言われ、ドキドキと鼓動が弾む。

まるで魅入られたみたいに、博己は啓佑の顔を見つめていた。


「熟成ローストビーフ、お待たせいたしました」

「ありがとう。パンをもう少しもらえます？」

「かしこまりました」

それから数時間後のこと。

博己は啓佑が予約した銀座の洒落たビストロで、ワイングラスを傾けつつ、美味しい料理に舌鼓を打っていた。一見カジュアルな店だが、啓佑が選ぶだけあって料理や酒、ウエイターの物腰や所作には一流の雰囲気がある。感心しながら、博己は言った。

「啓佑、日本には久しぶりに帰ってきたって言ってたよな？」

「そうですね。今回は、二年ぶりくらい？」

「ここ、わりと新しそうな店だけど、よく知ってたな？」

「投資にかかわる人間にとっては、情報収集は仕事みたいなもんですからね。美味い店、流行の店、長く人気のある店、老舗……。ニーズによっていろいろですけど」

啓佑が少し考えるように視線を浮かせて、小さくうなずいて言う。

「常に本物を知っていたいとか、いいものはいつでもちゃんと把握しておきたいっていうのは、俺のDomとしての本能なんじゃないかな。もちろんそれは、人としても大切なことだと思いますけど」

「本物を知っていたい、か。それはなんか、わかるな」

先ほどのテーラーを思い出して、博己はうなずいた。

あそこで過ごした時間は、ある意味夢のようだった。

ワイシャツとスーツを一から仕立ててもらうのは初めてだったが、生地やデザイン、裏地やボタンの一つに至るまで、いくつものサンプルを見て、啓佑や永井の提案を聞きながら納得のいくものを作り上げていくのは、想像以上に充実した作業だった。

痩せ形の博己の体に合わせて、着たときに貧相に見えないよう、細かくサイズを調整してもらったのも初めてで、啓佑がそれなりのものを着たほうがいいと言った意味を、体で実感することができた。

本物に触れる喜びというのは、おそらくああいうことをいうのだろう。仕上がりまで三週間ほど時間がかかるが、今から楽しみで仕方がない。

「でも、本当にいいのか、金出してもらっちゃって」

「言ったでしょう、俺にとっては支配行動だと。気持ちよく払わせてくださいよ」

啓佑が笑って、真面目な顔で付け加える。

「もちろん、いつでもセーフワードで止めてくれていいですけどね？『ヘタクソ！』って言われたら、俺はすべてを受け入れてしおしおと頭を垂れますから」

「うーん……、そう言われても、プレイじゃないしなぁ」

「ふふ、まあ確かに」

「ていうか、そもそもどうしてセーフワードが『ヘタクソ』なんだよ？　Ｓｕｂにそんなこと言わせるＤｏｍ、見たことないぞ？」

ずっと疑問に思っていたことを訊ねると、啓佑が肩をすくめた。

「そのままだからですよ。Ｓｕｍの被支配欲求を満たせず拒絶されるＤｏｍなんて、ヘタクソ以外になんて呼んだらいいんです？」

「そう言われると、考えてしまうけど」

「俺にとって支配っていうのは、プレイだけの話じゃないんです。人同士の関係性っていうか、親密さにかかわることなんですよ。たとえばあれこれと身の回りの世話を焼くことだって、相手を思いどおりに支配することでしょう？　信頼を預けてくれる相手に対しては、特にね」

啓佑が言って、博己のグラスが空になったのに気づいてワインのボトルを持ち上げ、注ぎ入れる。

「いい支配って、きちんと信頼を勝ち得ているか、安心感と悦びを与えられているかでしょう？　そしてそれは、プレイパートナーだろうが契約パートナーだろうが関係ない。いつでもどんなときでも誰にでも、常に完璧な支配ができないＤｏｍには、Ｓｕｂを求める資格なんてないんですから」

「……いつでも完璧な支配、か。なんだかちょっと、壮大だな」

「Ｄｏｍの欲求って、幼稚園男児の世界征服願望並みに壮大ですよ？　なおかつ、生理的欲求レベルで切実だともいえる」

「そう、なのか？」

「Ｓｕｂの前でそれを認めるのは矜持にかかわることだから、みんな余裕があるふりをしてるだけですよ。俺はＳｕｂの被支配欲求を満たしてやってるだけなんだ、ってね」

啓佑の持論に、驚きを覚える。

欲求の表れ方や満たされないときの心身のダメージの違いから、博己は今までなんとなく、Ｓｕｂのほうがより強くＤｏｍを求めているのだろうと考えていた。

Ｄｏｍがときに不当な支配に走るのも、Ｓｕｂの存在そのものがＤｏｍの欲望を煽ってしまうせいなのではないか、と。

でも、そうではないとＤｏｍである啓佑が言ってくれるのなら、Ｓｕｂとしては救われるところもある。虐待を受けていたのに、自分にも養父をそうさせてしまう原因があったのではないかと、悩んでいた時期があったからだ。

だが一方で、Ｓｕｂへの虐待や理不尽な暴力がＤｏｍ自身の欲求の強さや方向性のみに

よって生まれるものなら、プレイの場以外でもＳｕｂを支配したい、というのは、危うい欲望なのではないか。

「けど、啓佑。いつでもどこでも支配したいってなると、日常生活でもＳｕｂを服従させたいって気持ちに、つながったりはしないか？」

「それを嫌うＳｕｂが多いのは当然ですよ。でもなんていうか、それもね。俺に言わせれば、Ｓｕｂを嫌な気持ちにさせること自体が、すでにヘタクソだってことなんですよ。Ｎｏｒｍａｌ同士の関係だって、束縛好きで傲慢な奴は嫌われるじゃないですか」

「まあ、それもそうか」

「ＤｏｍとＳｕｂとは、補い合う関係だと俺は思ってます。その関係は古くから主従にたとえられてきたけど、ＤｏｍとＳｕｂとは本来対等であるはずです。たとえ強固な主従関係に無上の喜びを覚えるパートナー同士であっても、人として、という意味では、間違いなくね」

（そんなふうに考えているのか、啓佑は）

口では自分たちは対等だと言うＤｏｍでも、付き合ってみたら真逆だったというのは、よく聞く話だ。

でも啓佑とプレイを重ね、同じ時間を共有し合ってきた博己には、啓佑の言葉に嘘を感じない。幻滅したことは一切ないし、彼と向き合うたびに、自分の中のＤｏｍ観がいいほうに変わっていくのがわかる。本物を知る、というのが人として大切なことなのだとしたら、博己にとって啓佑は、まさにそのものだった。

啓佑は一流のＤｏｍであり、本物のＤｏｍでもある。

世の中にはこんな素敵なＤｏｍがいて、そして自分は今、そのプレイパートナーなのだ。

そう思うとひどく心が躍る。何か命じられたわけでもないのに、胸がドキドキと激しく高鳴るのも感じる。啓佑が今まで以上に魅力的に見え、向き合っているだけでなんだかとても甘い気持ちになってきて――――。

(俺、もしかしてときめいてるのか、啓佑に……？)

ふとそう思い至って、はっとしてしまう。

今までずっと、Ｄｏｍ／Ｓｕｂのプレイと恋愛感情というものとが、博己の中では上手く結びつかなかった。Ｓｕｂとしての自分を受け入れることから逃げていたのだから、当然といえば当然だろう。

でも博己は今、Ｄｏｍである啓佑にＳｕｂとしてときめいている。彼をとても素敵だと感じ、支配されたいと感じている。プレイだけでなく、彼の言う支配行動によって、日常生活でも。もしやこういう気持ちが高じると、契約パートナーになりたいと思ったりするようになるのだろうか。

初めての感情に戸惑いつつも、新鮮な驚きを覚えていると、啓佑がワイングラスを持ち上げ、くるりと揺すって中身を回しながら言った。

「まあでも、ダイナミクスにとっては、まずはプレイの相性が第一でしょうね。それは何があっても揺るがないだろうし、そこに一番の悦びを感じることも、健康に暮らしている限り変わらないでしょう。支配／被支配欲求は、俺たちにとって本能ですからね」

どこか思わせぶりな目をして、啓佑が続ける。

「でも、だからこそ思うんですよ。もしもプレイを離れても互いの欲求を満たせるなら、それは本能とは別の言葉で表現すべきだとね」

「別の言葉って？」

問いかけると、啓佑が薄く微笑んで答えた。

「わかりませんか、先輩。愛ですよ。完璧で対等な、愛です」

「……！」

「Ｎｏｒｍａｌだってそうでしょう？　セックスや子作りが本能だとしても、愛がなければ結婚なんて上手くいかない。セックスフレンドや契約婚って関係も、もちろんありだし、そういう形の愛もあると言われたら、そりゃ否定はしないですけど……、ん？　どうしたんです、博己先輩？　顔、めちゃくちゃ赤くなってますよ？」

「えっ！　そ、そう、かなっ？」

「あー、もしかして酔いました？　今日、けっこうペース速いですもんね。……あ、すみませーん、冷たいお水、一杯いただけますか？」

啓佑が通りがかりのウエイターに告げる。頰の火照りが酒のせいではないことを自覚しながらも、博己は思わず酔ったふりをして、啓佑の気づかいに礼を言っていた。


（愛……、なんて言われると、意識してしまうな）

こちらはちょうど、啓佑にかすかなときめきを感じていたところだ。

そこにタイミングよく、彼の口から愛なんて言葉が飛び出してきたものだから、博己の頭の中に大きく響いてしまった。

正直博己は、愛どころか恋だって知らない。啓佑との関係はプレイパートナーなのだから、それ以上の関係性や気持ちについては、今まで考えたこともなかったのだけれど……。

「ここですよ、博己さん」

心地よく酔った頭でぼんやり先ほどのことを思い出しながら歩いていたら、啓佑が立ち止まって声をかけてきた。手ぶりでうながされて見上げると、そこには竣工したばかりの真新しいビルがそびえ立っていた。博己は思わず声を上げた。

「おおー。立派な建物だなぁ」

食事のあと啓佑が、彼の会社の東京支社が入る予定のビルが近くにあると教えてくれた。

東京駅の傍にあって、銀座のビストロからも徒歩で行ける距離だというので、二人で酔い覚ましに歩いて見に行こう、ということになったのだ。

街を行く人々の憩いの場になりそうな前庭には、大きな階段と噴水があり、通り沿いには常緑樹の並木が植えられている。低層階には高級ブランドショップや飲食店が入っているので、新しい観光スポットになりそうな場所だ。

「……あれ！　あそこにいるの、啓佑君じゃないか？」

「あら、本当だわ！　まあ、ものすごい偶然ねえ！」

二人で歩道に立ってビルを眺めていたら、こちらのほうに歩いてきた十人ほどの男女のうちの二人が啓佑に気づいて、声をかけてきた。

啓佑がゆっくりとそちらに顔を向けて言う。

「おや、こんばんは、叔父様方、叔母様方。それにいとこ諸君まで！　皆さんお揃いで、会食でも？」

「大伯母様の卒寿のお祝い会の相談をしてたんだよ！」

「あー、そういえば、もうすぐお誕生日ですね！」

「啓佑君は、いつアメリカから帰ってきてたの？」

「つい先日だよ。仕事の関係で、ちょっとね」

啓佑と親戚らしき人たちが、親しげな表情で話を始める。博己は邪魔をしないように少し離れて、またビルを見上げながらちらちらと様子を窺った。

(みんな、上條家の人たちなのかな?)

貫禄のあるスーツ姿の男性たち、落ち着いた着物やシルクのワンピース姿の女性たち。

博己たちがいたようなカジュアルな店ではなく、もう少し高級そうな飲食店で会食をしてきましたという雰囲気が漂う。啓佑よりも年代が一世代上の五人が叔父や叔母、ほかは啓佑とは三歳から五歳差以内に収まる年齢層だ。

互いの近況や、上條グループの最近の事業展開について話したりしていて、一見するととても和やかな会話が交わされているのだけれど。

(……うわ……、なんかものすごく、ギスギスしてる……)

叔父と叔母のうち四人は二組の夫婦のようだが、にこやかに振る舞いつつも、互いにどこかけん制し合っているふうに感じる。そして残るもう一人の叔父は、もうそういう争いからは下りていて、斜にかまえてにやにやとそれを眺めているみたいな立ち位置だ。

そしていとこ同士のほうはといえば、こちらもなかなか複雑で、まるで相手が存在しないかのように目を合わせない者や、会話の主導権を競い合っている者がいる。

見えない感情のやりとりをまざまざと感じ、息が詰まりそうになったから、博己はさっと顔を背けて視線をビルに向けた。

Ｓｕｂの特性なのか、博己はときおり、こうやって他人の会話を聞いているだけで、人間同士の微妙な軋轢や権力関係などを見抜いてしまう。

もちろんそれを誰かに伝えたりはしないし、自分に関係のない人たちのことならすぐに忘れてしまうのだが、身内の啓佑はそうはいかないだろう。会話の受け答えからは、それぞれの立場や面子に気を配って丁寧に話をしているのを感じる。

それを面倒だと思っている様子はみじんも見せないが、なるべく早くこの状況を終わらせようとしているのが伝わってくる。

ひょっとして、連れとして助け船を出したほうがいいのだろうか。

「……？」

ふと目線を啓佑たちのほうに戻すと、十人の親族のむこうに、黒っぽいドレスの中年女性と、二十歳前後の学生風に見える男性が立っているのに気づいた。

どうやら少し遅れて歩いていて、あとから啓佑の存在に気づいた、といったふうで、会話の輪に加われずにいるみたいだ。というより、あえて加わらずにいる……？

(……なんだろう。ちょっと、変な感じだな)

黒っぽいドレスの女性と学生風の男性は、真っ直ぐに啓佑のほうを見ている。

でもその目には、何か冷ややかなものが交じっている。こちらがヒヤリとするぐらい、冷たい目だ。まるで心の底に強い敵意でも抱いていて、それを顔の皮膚一枚で覆い隠そうとしているみたいな――――。

「……あ、正輝！　美紀子さんも、お久しぶりです」

啓佑が会話の切れ目に二人に気づいて、手を振って声をかける。

正輝、と呼ばれた学生風の男性が、取ってつけたような笑みを浮かべて啓佑に近づく。

「久しぶり、兄さん。帰ってたなら家に寄ってくれたらよかったのに」

「何かと忙しくてね。大学はどう？」

「まあま あ……、って言いたいけど、ついていくのに必死だよ」

「医学部だもんな。でも、正輝ならきっと大丈夫だよ」

「だといいんだけど」

（啓佑、兄弟なんていたんだ？）

医学生の弟。美紀子と呼ばれた女性のほうは何者かわからないが、少し誇らしげな顔をしているところを見ると、正輝と何か関係のある人物なのだろう。もしかしたら母親だろうか。先ほどの冷ややかさは、もう二人からは消えている。

啓佑と正輝も、ごく普通に会話をしているけれど。

「ねえ、兄さんも大伯母様のお祝い会、来れば？」

正輝がふと思いついたように言う。

「お祝い会を開くならパーティー形式にして、みんなのお友達も連れてきて盛大にやってほしいって、大伯母様が。兄さんもパートナーさんとかいるなら、連れてきたら？」

（……え……）

正輝が笑みを見せて言葉を発した瞬間、親族の人たちの顔がわずかにこわばったのがわかった。

皆があえて避けていたことに正輝が触れたので、当惑しているかのような表情。

彼らの目の奥には、何か暗い影のような不可解な感情が見え隠れする。

それがなんなのか探りたかったけれど、次の瞬間には、そういう感情を慌てて隠すような誤魔化しの笑みが広がった。叔父の一人が大げさにうなずいて言う。

「ああ、そうだな！　都合が合えば、ぜひ来てほしいよ！　再来週の土曜日だ」

「そうね、伯母様も喜ばれるに違いないわ！」

「……そうですか？　一応予定は確認してみますけど、ずっと不義理をしてるし、気が引けるなぁ」

「そんなことないよ！　大伯母様、兄さんに会いたがってると思う」

正輝が言って、意味ありげに続ける。

「兄さんは長男なんだから。死んだ父さんだって、きっとそれを願っていると思うよ？」

「そう？　正輝がそう言うなら、考えてみようかな。行けそうなら、連絡するよ」

啓佑が答えを保留にしつつ、さらりと受け流すように言う。

何やら薄ら寒い感覚を覚えながら、博己は彼らを見ていた。

（なんか、変な感じだったな、あの弟）

それから三十分ほどあとのこと。

博己は啓佑のマンションのルーフバルコニーで、啓佑と夜風に吹かれながらビールを飲んでいた。吊るされたランタンがゆらゆらと揺れて、ぼんやりとした影を作りながらバルコニーを照らしている。

あのあと、片方の叔父夫婦が乗る予定の新幹線の時間が迫っているとかで、啓佑と親族たちは別れた。ちょうど東京駅の傍にいたので、博己もそのまま啓佑と別れて家に帰ろうと思ったのだが、啓佑の部屋に家の鍵を忘れてきてしまったようだとわかって、戻ることになった。午後に部屋を訪れて携帯をポケットから出したときに、一緒に出してリビングのテーブルに置きっぱなしにしてしまったのだ。

道がすいていてタクシーですぐだったので、鍵だけ回収して帰ろうとしたら、啓佑に一本だけ飲み直そうと誘われた。それで、ルーフバルコニーに置いたカウチに座り、二人で缶ビールを飲むことにした。

隣にくつろいで座る啓佑をちらりと見てみると、少し眠そうだが、特に変わった様子は見えない。だが先ほどの邂逅で、かなりストレスを感じていたのではないかと博己には思えた。だからなんとなく、誘いを断れなかったのだ。

(……あの弟、もしかして、わざとああ言ったのかな?)

先ほどのやりとりを思い出してみて、不意にそう思い至る。

『兄さんもパートナーさんとかいるなら、連れてきたら?』

ごく普通の誘いの言葉だし、当然のことのようにそう言っていたから、あのときは博己も何も思わなかった。

でもあの一言で、親族たちの間に一瞬で緊張が走った。もしかしたら正輝が言った「パートナー」とは、ダイナミクスのパートナーという意味だったのではないか。

「先輩、さっき話してたパーティー、来ます?」

「えっ?」

「大伯母様ってね、某国立大学の名誉教授で、独文学者なんですよ。たぶんゲストが家や会社関係の人ばかりだと退屈だから、なるべくみんなの友達も呼んできて、って言ってるんだと思うんですよね」

「へえ、学者さんなのか」

「俺の学生時代の先輩で、出版関係の仕事をしてる人がいるって教えたら、たぶん興味持つと思います。もしよかったら」

控えめな口調で、啓佑が誘う。

養父との関係を話す羽目になりそうで、そこは少し不安ではあるが、研究者と独文学の話ができる機会は貴重なので、逃したくない気もする。

でも、それは啓佑が正輝の誘いに乗るということだ。あんなにも微妙な空気だったのに、わざわざ出向いていく気なのだろうか。

「それは、とてもありがたい話ではあるけど……、啓佑、本当に出席する気なのか？」

「ん？　本当に、っていうのは？」

「あっ、いや、その……」

上條家の親族間の関係性や、正輝の冷ややかな目つき、彼があえて発した、啓佑がＤｏｍであることをわざと皆に思い出させようとするみたいな言葉。

Ｓｕｂゆえに感じ取ってしまったそれらは、おそらくＮｏｒｍａｌの人なら気づかなかったことだろう。啓佑も親族のあれこれについて知られたくなかった可能性があるし、何も見なかったふうを装ったほうがいい気がする。博己は何食わぬ顔で言った。

「なんか啓佑、そんなに乗り気なようには見えなかったから。弟さんに気を使ったのかなって。そういや、弟がいたんだな、おまえ？」

兄さん、と呼ばれていたのだからそこは間違いないだろう。そう思って付け加えると、啓佑が何か言いかけ、それから口をつぐんでこちらを真っ直ぐ見つめてきた。

少し考えるように小首をかしげながら、啓佑が言う。

「……ええ。といっても、異母弟ですけどね」

「異母……？」

「まあ、ちょっとばかり複雑で。それより先輩。さっきの立ち話、全体的にどう見えてたか聞かせてもらってもいいですか？」

「え。どうって」

「いろいろ見えてたんでしょう？　うちの親族のドロドロした関係とか、正輝のちょっとした悪意とか、みんなが内心俺をどう思っているのかとか」

「……！」

まさに目にしたままを口に出されて、思わず絶句する。

どうやらすっかりお見通しらしい。博己はおずおずと言った。

「……言っていいのかわからなかったんだ。誤魔化してごめん」

「謝ることないです！　言っていいですし、本当に教えてほしいんですから。どうかお願いしますよ、博己さん」

「啓佑……」

別に気分を害している様子はないし、本当に知りたいだけみたいだ。好奇心で輝いた目をしてこちらを見つめる啓佑に、博己は言った。

「……あれかな、ご夫婦じゃない男性、あの人が一番年齢が上で、でもあまり発言権がないっていうか、そもそも発言する気がないっていうか？」

「すごい！　そのとおり。俺の死んだ父の一歳違いの弟で、俺の父が早死にしちゃった関係で上條家の当主になったけど、会社関係の実務には一切かかわっていない人です！　ほかには？」

「ええと……、体格のいい男性と眼鏡の男性がその下のご兄弟で、お連れ合い同士も含めて、ものすごく対立してる？」

「してます、してます。叔父同士はグループ内企業の実績や次期会長の座を巡るライバルで、叔母同士はいとこたちの進学先や結婚相手について、いちいち張り合ってますね！」

「その、いとこさんたちも似たような感じで……、でも医学部に入った正輝さんが一番優秀だってことは、みんなも、おまえも、ちゃんとわかってて」

博己は言いよどみ、それからゆっくりと続けた。

「なのに当の正輝さんは、啓佑に何か妙な感情を持ってる。コンプレックスみたいなものなのかなって思ったけど、それだけでもなさそうな。……これ、言っていいのかな？」

「いいんですよ、はっきり言ってください。あなたの感じたとおりにね」

啓佑がうなずいて言う。博己は一呼吸置いて告げた。

「……あの中で、ダイナミクスは……、Ｄｏｍなのは、おまえだけなんだな？　みんなそれを気にしていないふうを装っているけど、本当はそうじゃない。とりわけ正輝さんはそれを強く意識していて、おまえに敵意に近い感情を抱いている。だからああいう言い方で、わざとおまえを……、挑発した？」

博己の言葉に、啓佑がふう、と小さく一つ息を吐く。

それから首を軽く横に振って、感嘆したみたいに言う。

「あなたを敵に回したくはないな。あんな短い時間でそこまで見抜いちゃうなんて。Ｓｕｂだからっていうか、あなたがすごいですよ！」

「すまない、気を悪くしないでほしい」

「してないですよ、全部事実だし。でもあなたはすまなく思ってしまう。その状況察知能力のせいで、申し訳なく思わされるようなことになった経験が、あるからかな？」

啓佑が言って、缶ビールを飲む。

「おっしゃるとおり、Ｄｏｍだった父が亡くなってから、俺は一族でただ一人のダイナミクスです。幼い頃からいろいろな面で能力を認められてきましたが、基本的には腫れ物に触るみたいな扱いを受けていましたよ。正輝や美紀子さんからは、まさに敵意を向けられてきましたし。Ｎｏｒｍａｌの人たちの、ダイナミクスへの恐れもあるんでしょうけど」

「恐れ……。そうだな。あるかもしれないな」

離れた場所から啓佑を見ていた正輝の、冷ややかな目。

そして上条家の人々の目の奥にかすかに見えた、暗い影。

言われてみれば、あれは恐れだったのかもしれない。自分たちを「普通」だと信じている人たちが、そうではないと感じる人間への、一方的な恐怖心だ。

「まあそれだけが理由じゃないけど、高校のときに、俺は決めたんです。俺はこの先、何があっても我が道を行こうってね。上條グループとは一線を引いてるんで、本当はあまりかかわりたくはないんですけど、そうはいってもいくらか義理はあるんで。たまには顔を出すし、パーティーにも行きますよ？」

「そうか」

啓佑は名家の出のＤｏｍだから、何不自由なく育ってきたのだろうと、博己はなんとなくそう思っていた。でもたとえ優秀なＤｏｍでも、ときとしてそれがゆえに周りから敬遠されてしまう。家族や身内にそんな態度をとられるのは、とても哀しいことだろう。

啓佑は昔からとても明るく朗らかな好男子だが、もしかしたら心の奥に孤独を抱えていたのではないかと、そんな気がしてくる。

「……先輩。あなた今、ちょっと俺に同情したでしょう？」

「いや、同情っていうか！　おまえもいろいろ、大変なんだなって」

「はは。これも浮世の義理ってやつですよ。でもまあ、あの人たちに会うとかなりストレスが溜まるのは確かですね。敵意や悪意を向けられたら、やっぱり落ち込みもしますし」

啓佑が言って、意味ありげにこちらを見つめる。

「ときには、深い孤独を感じたりもしますよ。たまたまここに戻ってきたあなたを、飲み直そうなんて言って引き留めてしまうくらいにはね」

「っ……？」

啓佑の声にかすかな艶を感じたから、博己はゾクリと震えた。

博己を見つめる、啓佑の漆黒の瞳。ランタンの明かりが揺れるその目には、はっきりとした欲望の色が見える。

それはＳｕｂにしか見えない、Ｄｏｍの強い支配欲求だ。啓佑のほうから欲望を向けてきたのは初めてで、かすかなおののきを感じるが、彼がＤｏｍとしてＳｕｂである自分を求めているのだと感じるだけで、呼吸が乱れそうになる。

昼間の電話の件で落ち込んでいたから、午後にここに来たときにはプレイをしなかった。でも啓佑への信頼から、思い切って自分のことを話したら、啓佑から素敵なご褒美をもらったので、博己はもう落ち込んではいない。啓佑に対して、同じことをしてあげることはできないけれど。

（ＤｏｍとＳｕｂは補い合う関係だって、俺もそう、思いたい）

博己が自分がＳｕｂであることを受け入れられるようになったのは、啓佑がプレイパートナーとして相手をしてくれているおかげだ。

Ｄｏｍの欲求は切実なものだと、先ほど啓佑自身が言っていたし、啓佑が今、切実にプレイを求めているのなら、自分はその欲求に応じたい。それで彼を癒やせるのなら、そうしてあげたいのだ。博己はごくりと唾を飲んで言った。

「……啓佑。今俺のこと、支配したいか？」

博己の言葉に、啓佑がわずかに目を見開く。

イエスとノー、博己がどちらの答えを求めているのか、いくらか考えている様子だ。

だが啓佑は、余計な言葉を口にすることはなかった。ただ真っ直ぐに、博己に質問の答えを返してきた。

「……ええ、とても。腹の底から、あなたを支配したいですよ」

普段と変わらない、啓佑の端整な顔。でもその声には、いつになくギラついた欲望が感じられた。

博己をどこまでも支配したい。プレイの悦びに浸って欲望を遂げたい。

啓佑のそんな思いを感じたら、博己の腹の底にもふつふつと被支配欲求が滾ってきた。

あえぐみたいに、博己は言った。

「……俺も、欲しいっ。おまえに、支配されたいっ……」

啓佑の目を見つめながら、心からの言葉を口にするうち、声が震え出すのを感じた。

抑えようもなく劣情が募り、体がとろとろと潤み始める。

啓佑が艶麗な笑みを見せてうなずき、博己の手を取って、そっと指先に口づける。

「あなたがそう言ってくれて、嬉しいですよ。俺とプレイをしてくれますか？」

「したい……。して、ほしい」

「わかりました。いい時間にしましょうね、博己さん」


ルーフバルコニーからプレイルームに戻ると、革張りのソファの前で衣服を脱いで、膝をついて待つよう、啓佑に命じられた。

全裸になって言われたとおりに待っていたら、啓佑がクローゼットの中から赤いリボンでラッピングされた箱を取り出して、こちらに持ってきた。

「それは？」

「この間のお預けのご褒美です。開けてみて？」

ご褒美はオーダースーツだと思っていたので、少々驚く。

リボンをほどいて包装紙をはがし、箱を開けてみると。

「……あ……」

赤い革で作られた、真新しい拘束具が一揃い。

金属製の、やや重みがありそうなニップルクリップと貞操帯。

球が数珠つなぎになったアナルプラグ。薔薇の絵が描かれたローションのボトル。

ほかに、博己には用途がわからない、責め具のようなものがいくつか。

たまらなく心躍るご褒美の品々だ。眺めているだけで体が疼いてくるのがわかる。

「どれを試したいですか、博己？」

「ど、れって……、どれも、気になるな」

「ふふ、正直ですね。じゃあ、やっぱりこれからかな。両腕を背中に回しなさい」

手首を拘束する枷を持ち上げて、啓佑が命じる。

いつもそうされるときのように、腰のあたりで手を組むようにしたら、肘を曲げさせられて高い位置で手首を上下に重ねられ、枷でがっちりと固定された。

続けて首に太めの首枷をつけられ、手首をからげた枷をさらにぐっと持ち上げられたから、腕が引きつるかすかな痛みに思わず小さくうめいた。

「……いっ……」

首枷と手首の枷とを短い鎖でかちりとつながれ、体にうっすら汗が浮かぶ。

新しい拘束具は、枷そのものが今までのものよりもきつめにできているみたいだ。首と腕をつながれてもいるので、腕を下げると首枷が喉に食い込む。意識して持ち上げていないと苦しいことになりかねない。

上体拘束具で胸や腹をきつく締めつけられ、左右の腿と足首にもそれぞれに枷をはめられたら、それだけでかなりの拘束感を覚えた。

Ｄｏｍの前で自由を投げ捨て、身を支配されていく感覚に、体が熱くなる。

局部に目を落とすと、早くも欲望が頭をもたげ始めているのがわかった。

目の前のソファにゆったりと腰かけて、啓佑が命じる。

「顔を上げて俺を見なさい、博己」

「は、はい……」

膝立ちで腕を背中で拘束された体勢のまま、目の前に座る啓佑を見る。

その端整な顔には、どこか支配者然とした表情が浮かんでいる。欲情に濡れた漆黒の瞳で舐るように見つめられると、まるで目で犯されているみたいだ。

ほう、と一つため息をついて、啓佑が言う。

「……思ったとおり、あなたは赤がよく似合う。すごく素敵だ」

「啓、佑」

「このまま放置して眺めているのも楽しそうだけど、それはまたの機会にして、今はもっといろいろ試しましょうね。ちょっと勃ち上がり始めちゃってるから、次はこれかな」

啓佑が言って、金属製の貞操帯を手に取る。

太い針金状の金属で作られた籠のような形のそれは、当然ながらシリコン製のものよりも硬く、半勃ちの状態でもいくらか幹に食い込んでくる。

頭の部分を覆う形のふたがついていて、真ん中には丸い穴が開いており、装着されただけでそこから透明な蜜が溢れてきた。

「ふふ、もう嬉し涙が出ていますね。この貞操帯、専用のブジーがついてるんですけど、よかったら挿してみませんか？」

啓佑が言って、先に丸い輪がついたシリコン製の細い棒を見せる。

尿道に何か挿れられるのは、あまり経験がなくて正直不安だ。

でも啓佑がそれを望むのなら、受け入れてみたい。

こくりとうなずくと、啓佑がニコリと微笑んで言った。

「いい子ですね、あなたは。そう、なんでも挑戦する気持ちが大事です。じゃあ、挿れてみましょうね」

「んっ、ぅ！」

ふたに開いた丸い穴から、啓佑がブジーを挿してくる。

細筒は自らこぼした透明液で濡れていて、ブジーも細くて柔らかかったから、痛みなどはなかったが、欲望の根元まで挿れられると、出口を塞がれたみたいな感触があった。丸い輪を亀頭に引っかけて固定されたら、縛められて射精を管理されていることを強く感じて、体が震えた。啓佑がクッと笑って言う。

「あなたはこういうのが好きなんだろうなあって、なんとなく思ってましたよ。今、ものすごく興奮してるでしょう？」

「うう……」

「それ以上そこを大きくしちゃうと、だんだん貞操帯の締めつけがきつくなってきますからね。あまり興奮しすぎないように、気をつけるんですよ？」

「は、はいっ……」

気をつけろと言われても、ひとりでに勃ち上がるそこのサイズを自分でどうにかできるわけもない。甘苦しい責めに身悶えさせられる予感に震えていると、啓佑が今度は、ニップルクリップを手に取った。

そうしてベリーの実みたいな博己の左の乳首を指でつまみ、クリップで挟み込む。

「これもかなり、あなた好みのやつかな。こうやってねじできつめに留めて、スイッチを入れるとね……？」

「つ、あ！　ぁ、あっ、ううぅっ！」

クリップがぶるぶると震え出し、乳首を振動でなぶり始めたから、腰が恥ずかしく跳ねる。バイブレーション機能がついている分、今までのものよりも重い。きつく固定されて重みで乳首が引っ張られ、刺激をより強く感じる。

右の乳首にもつけられ、外れないように胸の拘束ベルトの金具に引っかけて固定されると、胸の深くまで振動が伝わった。啓佑が小さくうなずいて言う。

「とても可愛いですよ、博己。じゃあ、あとは後ろですね。ソファに頭と上半身を乗せて、お尻を突き出して。俺に孔を見せなさい」

「つ、はぃ……」

命令に従い、膝立ちのまま啓佑の左隣に移動し、頭と胸をソファの座面に乗せて、ぐっと腰を突き出した。あらわになった狭間に目を落として、啓佑が言う。

「ヒクヒクしていますね。ここも支配されたくて、うずうずしてる？」

「う、んっ」

窄まりを指で優しく撫でられ、甘い声が洩れる。啓佑が低く訊いてくる。

「この前、あなたは自分でここにローションを入れたって言ってましたね？」

「い、れたっ」

「どんなふうにして？」

「ん……、ボトルの、先を、孔、に……」

「直接、つないだ？　……こんなふうに？」

「あっ、ぁ……！」

かすかな花の匂いとともに、後ろに細くて硬いものをつながれ、ビクリと腰が揺れる。

先ほどの箱に入っていた、薔薇が描かれたボトルのローションだろうか。

ボトルをぐっと後ろに押しつけながら、啓佑が言う。

「あなたのここ、中身を入れてほしがってきゅうきゅうしてる。こぼさずに全部、飲めるかな？」

「ぜ、んぶっ？」

「そう、全部です。こぼしたら、もったいないでしょう？」

「ひっ、ぁあ、ああ、あっ」

とろりとした冷たいローションを一気に後ろに注入され、ガクガクと膝が震える。

この前のボトルよりも少し小ぶりだから、量はそれほどではないかもしれないが、下腹部に液体が溜まっていく感覚は独特で、身震いしてしまう。

でも啓佑の手でそうされるのは、自分でするのよりもずっと興奮する。腰を揺するたび中でとぷりと液体が揺れるのも、なんとも言えない淫靡さだ。

ボトルが空になるまでローションを注がれたら、まるで啓佑の白蜜でいっぱいにされたみたいな気分になって、はあはあと息が乱れた。満足げな声で、啓佑が言う。

「ああ、ちゃんと全部飲めましたね。偉いですよ、博己」

「ん、んっ」

「じゃあ、洩れ出さないように、これで栓をしておきましょうね」

「っふ！　ぁあっ、んう、うっ……！」

ボトルの代わりに、直径二センチほどの、シリコンか何かでできた球がいくつもつながったアナルプラグを後ろに押し当てられ、つぷつぷと一粒ずつ中に挿れられる。

凹凸のある形状のせいか、内襞が擦られてビクビクしてしまうが、ローションでいっぱいの内腔からそれを引き抜かれる瞬間の卑猥な感触を想像したら、それだけで腹の底がきゅうきゅうと収縮しそうになる。プラグの持ち手を残してすべて沈められ、腹圧で抜けてしまわないよう細いベルトできつく固定されると、悦びを覚える場所をすべて啓佑に支配されたのを実感して、悶絶しそうになった。

腕を拘束され、胸も前も後ろも、自分ではどうにもならない。何もかもをＤｏｍの意思一つに委ね、ただ身を投げ出す恍惚に、頭が蕩けそうになる。

「上体を起こして、また膝で立ってみなさい、博己」

「はい……」

腕を後ろに回されているので、上半身を起こすのには力がいる。

博己はソファに肩をついて頭を持ち上げ、腹に力を入れてどうにか上半身を起こした。腹の中をローションがとろりと流れる感覚に身震いしながら、顔を啓佑のほうに向けると、彼がこちらを眺めてうっとりと言った。

「ああ、いいな。思った以上にいい。あなたのきめ細かい肌が上気して、しっとりと汗をまとっていて……、とても綺麗だ」

「そ、う……？」

「胸のそれが、けっこう効いているのかな。ずっとつけていると気持ちのいい刺激が腹の中でつながって、それだけで前も後ろもとろとろになっちゃいますよ、きっと」

啓佑が言って、ふふ、と笑う。

「さてと。あなたが今自由なのは、その可愛いお口だけですね。今日はそこを使って、ご褒美をもらえるように頑張ってもらいましょうか」

「口、を?」

「ええ、そうです」

ゆったりとソファにもたれて、啓佑が告げる。

「口唇と舌と、歯も使っていいですよ。俺の服を緩めてみなさい。それから、そのまま口で俺を昂らせて。大好きなご褒美を、自分で手に入れてごらんなさい」

「……はっ……、い」

啓佑の服を脱がせて、口で昂らせる。どちらも初めて命じられた行為だ。フェラチオなんてほとんどしたことがないから、それだけでドキドキしてしまう。

博己は膝立ちのまま、ソファに腰かけた啓佑の正面に移動し、足の間に体を割り込ませた。そうして片方ずつ床に足の裏をつけて、立ち上がって身を乗り出そうとしたのだが。

「わっ……!」

ずっと床に膝をついていて、足が少ししびれていたのか、啓佑の胸の上に思い切り倒れ込んでしまう。啓佑が小さくうなって、苦笑する。

「体当たりしろとは言ってないですよ、博己」

「ご、め、なさっ……、あ、ぅうっ……！」

博己の首枷と腕の枷をつないでいる鎖を、啓佑が軽く持ち上げたから、首枷できゅっと喉が締まった。苦しくはないけれど、耳の奥でドッドッと拍動が聞こえる。啓佑が博己の喉に顔を近づけ、くん、と鼻を鳴らす。

「……ああ、あなたからはとてもいい匂いがするな」

「に、おい？」

「Ｄｏｍを欲しがるＳｕｂの匂い。思い切り責め立てて、淫らに啼かせたくなる。たまらなく官能をくすぐられる、いい匂いですよ」

低くそう告げる啓佑の声が、いつもよりも淫猥に響く。

今は博己のためにプレイをするだけでなく、彼自身が心の底から行為を求めているのだと感じて、こちらも常になく劣情が募る。

啓佑に、もっと支配を楽しんでもらいたい。博己のほうは、そんな啓佑にいい子だと言われ、褒められて、甘いご褒美をもらいたい。

ＤｏｍとＳｕｂは補い合う関係だと、啓佑は言った。本当にそういう関係を築くことができたなら、きっとプレイはもっと素晴らしいものになるだろう。啓佑となら、今まで到達したことがないくらい鮮烈な悦びの高みに、たどり着けるのではないか。

そんな予感に震え、まなじりを渇望の涙で濡らしながら、博己は啓佑の喉元に顔をうずめた。そうしてネクタイの結び目に噛みつき、ぐいぐいと引っ張ってほどいていく。

「ん、んっ、ン、ふ……」

いつものアンバーのような香水の匂い。それから彼自身が放つ、彼の体の匂い。

鼻腔を満たす匂いは、もうすでに博己の官能と結びついている。匂いの記憶だけで体が潤み、はあはあと息が荒くなった。

博己自身も欲望を主張して嵩を増し、貞操帯の金属の針金に食い込み始める。後ろの媚肉も物欲しげに蠢動して、アナルプラグにいやらしく絡みついた。

浅ましくこぼれた唾液であちこち濡らしながら、ようやく彼のネクタイをほどく頃には、全身が発火しそうなほど火照ってしまっていて――。

「上手にほどけましたね、博己。あなたはお口の使い方が上手いんですね？」

「で、も、唾液で、汚して」

「そんなの、気にするわけがないでしょう？　あなたの頑張りの現れなんですから」

啓佑が軽く言って、博己の腰から双丘を手で一撫でする。

「じゃあ、次はシャツのボタンを外しなさい。上から一つ一つ、順番にね」

「は、ぃ」

半ば蕩け始めた頭で答え、彼の喉元のボタンに口を寄せる。

一つ目のボタンは固く留まっていて、どうやって外せばいいかわからず一瞬焦った。だがシャツを噛んで引っ張り上げたあと、舌を使ってボタンホールから押し出すようにしたら、上手く外すことができた。

二つ目、三つ目、と順に外していくと、彼のたくましい胸があらわになってきた。

(啓佑の体……、すごく、セクシーだ)

別にDomでなくても、エグゼクティブなビジネスパーソンには、心身の鍛錬とメンテナンスを何よりも重要と考え、ケアを欠かさない人が多い印象だ。啓佑の体もほどよく鍛えられていて、男性的な魅力で溢れている。

張りのある肌とその下の盛り上がった筋肉に触れてみたくて、ボタンを外しながらわざと口を滑らせてみると、彼の体温が直接口唇に伝わってきた。

些細なたわむれに気づいたのか、啓佑が小さく笑う。

「こらこら、お行儀が悪いですよ？　もうご褒美が欲しくなっちゃったんですか？」

「ん、ん」

「ちゃんと言われたとおりにできないと、お仕置きですからね。前も後ろもキチキチに縛められてるのに、このまま放置されるのは嫌でしょう？」

「ひゃっ！」

大きな右手で左の尻たぶにぴたりと触れられ、つねるみたいに尻肉をきゅっとつかみ上げられて、裏返った声を上げる。

鈍い痛みを覚えたけれど、汗で肌がしっとりと濡れているせいか、彼の温かい手が皮膚に吸いつくみたいで、なんだかとても気持ちがいい。そのまま手を離されたらぷるんと尻肉が弾んで、彼の手の感触だけが残った。ジンと痛むその感じが、軽くスパンキングされたあとの感覚に似ていたから、博己は思わず身震いした。

(……俺、スパンキングが、嫌いなのに……)

最初のときからNG行為にしているから、啓佑がプレイ中にスパンキングをしてくることは絶対にない。だからこそ博己も、安心して彼とのプレイに身を委ねられている。

だが尻に残る啓佑の手の感触に、博己は思いがけず興奮してしまっている。肌に口唇を滑らせたのを咎められ、軽い痛みを感じたのだから、これもお仕置きの一つなのに、もっとしてほしくてうずうずしてしまう。

でも自らお仕置きをねだったら、それは逆にご褒美になってしまう。ご褒美をもらえるのは、言うことをちゃんと聞くいい子だけなのだ。

博己はそう思い直し、懸命にシャツのボタンを外した。一番下まで外し、シャツの裾をズボンの中から引っ張り出すと、啓佑が笑みを見せて言った。

「上手ですよ、博己。頑張ったから、口唇が赤くなってしまいましたね？」

「あ、ふ……」

啓佑に指で口唇をなぞられ、そこが熱く、敏感になっていることに気づく。

博己の頬を指の背で優しく撫でて、啓佑が言う。

「いい子ですね、あなたは。俺の言うことをちゃんと聞けて、偉いですよ？」

「けい、すけ」

「さあ、ご褒美までもうすぐです。ベルトを外すのはちょっと大変ですが、お口だけで、上手に外してみなさい。あなたならできますよね？」

「ぅう、は、い」

褒められ、命じられる悦びで声を震わせながら、啓佑のズボンのベルトに食らいつく。

ごくシンプルな、黒い革のベルトだ。ズボンのベルトループに通された剣先を引き抜き、バックルの下から引き出して、ピンを外そうと反対側に引いてみる。

だが革が硬くてなかなか上手くいかない。あまり力を入れると歯形がついてしまいそうで、強く噛むのを躊躇していると、汗で額に張りついた博己の前髪を指で優しくかき上げながら、啓佑が告げた。

「汚しても、傷をつけてもいいんですよ？　ほら、あともう少しだ」

「んう、ううっ……！」

啓佑の声に後押しされ、ベルトをきつく噛んで引っ張ったら、どうにかベルトをピンから外すことに成功した。安堵しながらベルトを左右に開き、ズボンのホックを外す。ファ

スナーの引き手を噛んで、スライダーを下げて前を開いてみると――。

「……っ……！」

体にぴったりとフィットしたボクサーパンツの中で、啓佑の熱杭がすでに硬く張り詰めているのがわかったから、腹の底がきゅっとなった。

博己を支配し、命令に従わせることに、啓佑がＤｏｍとして悦びを覚え、ここをこんなふうにしてくれている。まざまざとそれを目にしたら、頭の中で何かがパンと爆ぜた。

啓佑のこれが欲しい。体の奥まで支配して、熱い白濁を注ぎ込んでほしい。

かつてないほどの欲望で、体がわななわなと震える。博己は夢中でボクサーパンツの端を食み、引きはがして中に息づく彼の肉杭を表に出した。

啓佑が愛おしげな目をして博己を眺め、低く訊いてくる。

「これが、欲しい？」

「欲、しいっ」

「じゃあ、まずはお口で味わって。舌でたっぷり舐って、喉の奥までくわえ込みなさい」

「は、いっ……」

口淫の経験はほとんどなかったし、啓佑にするのも初めてだが、こちらから触れることを許された喜びで、上手くできるだろうかという不安はどこかに吹き飛んでしまう。

博己はしっかりと床に膝をつき直し、身を乗り出して啓佑の幹をねろりと舐った。

「……ん、ン……」

彼の体の匂いと、かすかに青い雄の匂い。アンダーへアローションか何かを使っているのか、ここにもほんの少しだけアンバーの香りがする。

それだけでも後ろがビクビクと疼き、縛められた博己自身が貞操帯にキリキリと食い込む。啓佑の衣服を脱がせたせいで口唇や舌が鋭敏になっているのか、啓佑の雄に触れるだけで官能が刺激され、うなじのあたりにビリビリとしびれが走る。

こんな感覚は初めてだ。

(啓佑も、すごく、昂ってる……)

表面の舌触りはすべすべとしているのに、その下には筋や血管が繊細で複雑な凹凸を作っていて、かすかに脈動しているのが感じられる。口唇で吸いつき、ぐっと舌を押しつけると、さらにその下の熱くて硬い芯の存在を感じ取れた。

その硬さを確かめながら、下から順に丁寧に舐め上げていく。やがてピンと張った裏の一筋と、左右のくぼみとに行き当たる。

大きく張り出した傘の部分を左右から奥に向かって舐め、滑らかに続く形状に沿って先端部へと舌を滑らせると、切っ先にはうっすらと透明な液が上がっていた。

味わってもいいものか迷い、ちらりと顔を窺う。啓佑が口の端に笑みを浮かべる。

「舐めても、いいですよ?」

ひそやかな声音からは、そうしてほしいという願望が覗く。スリットに軽く舌先をうずめるようにしてすくい取ると、啓佑がかすかに身じろいだのがわかった。

博己の舌の上に、青い味が広がる。

「そのまま俺をしゃぶって、博己。歯を立てたら、お仕置きですからね？」

「……は、い……」

お仕置きという言葉にすら甘美な悦びを感じながら、啓佑の先端を口に含む。

その質量にかすかな驚きを覚えたけれど、みっしりとしたそれに口唇を窄めて吸いつき、舌を沿わせながら口に含んでいくと、今まで感じたことのない悦びが体に満ちてくるのを感じた。

口腔を雄で支配される恍惚。喉奥まで彼をくわえ込み、大きさを口腔全体で確かめてから、博己はゆっくりと口唇を上下させ始めた。

「ん、む……、ぁ、ンん」

口腔の中を行き来する彼の肉杭は熱く、口唇も舌も溶かされてしまいそうだ。上顎や頬も摩擦で熱くなって、唾液も溢れて止まらない。口が塞がっているから、鼻で呼吸しているつもりなのに、知らず息が荒くなっているのか、頭を揺するたび声が洩れる。

どうやら口の中にも感じる場所があるようで、繰り返し吸い立てているうちにかすかな快感を覚え始めた。知らず腰を振りながら、頬と舌とを熱杭に密着させると、啓佑があぁ、と小さく声を立てて、博己の頭に手を添えて髪をまさぐってきた。

つたない博己のフェラチオで、どうやら感じてくれているみたいだ。

(啓佑、もしかしてずっと、これをしてほしかった……?)

フェラチオやイラマチオは、博己としては特にNGにはしていなかったが、好き嫌いがわかれる行為だから、啓佑は様子を見ていたのかもしれない。博己と何度もプレイを重ねて、命じても大丈夫そうだと思ってくれたのなら、それはとても嬉しいことだ。

「……上手ですよ、博己。すごく、いい」

「んんっ、ん、む」

「舌も頬も、熱い……、奥のほうは、狭くなってて。たまらないですよ、博己」

啓佑が声を上ずらせて言って、腰をわずかに揺すり出す。

切っ先で喉の奥を突かれて、ウッと苦しくなったけれど。

(……喉、気持ち、いい……)

喉の入り口と奥の柔らかい場所に啓佑の雄がズンと突き当たるたび、背筋を悦びのしびれが走ったから、自分でも驚いてしまう。

一瞬苦しさに悦びを覚え始めたのかと思ったが、どうもそうではないらしい。粘膜を擦られ、雄で穿たれる刺激そのものが、快感を生み出しているようだ。

何度も繰り返し突き上げられるうち、腹の奥がぐつぐつと沸き立って、欲望の先からはたらたらと透明液が溢れてくる。後ろもはしたないくらい収縮して、アナルプラグの球を意地汚く食い締めた。

喉の奥は、博己の隠れた性感帯だったみたいだ。

「……博己？　そんなに奥までくわえて、大丈夫なんですか？」

無意識に大きく頭を揺すり始めたせいか、啓佑が気づかって訊いてくるが、その声はとても遠くに聞こえる。体がひとりでに快感を追ってしまって、肉杭をのみ込むたび淫らに腰が揺れるのが止まらない。

もっと強く喉を突かれたくて、彼の股ぐらに身を寄せると、口唇から喉奥まで、熱棒をストレートに行き来させることができるようになった。大きな肉塊で喉を真っ直ぐに突かれると、もう何も考えられなくなるくらい気持ちよくて、次第に酩酊したみたいになり始めた。

「ん、ぐっ、ふぐ、うっ」

喉を塞がれる苦しさと、それを上回るえも言われぬ快感。

もしかしたらその紙一重のせめぎ合いこそが、悦びを増幅していくのかもしれない。

摩擦で口唇も舌もしびれ、顎は疲れてだるくなり始めているのに、啓佑を味わうのをやめられない。我を忘れて彼を吸い立てるうち、腹の底がヒクヒクと蠢動し始め、愉楽の波がどっと押し寄せてきて……。

「博己？　あなたもしかして、達きそうになってます？」

「ん、うっ、ううう、ふうぅうっ……！」

それと察した啓佑が驚きの声を上げた瞬間、止めようもなく絶頂に達してしまう。

ブジーと貞操帯とで縛められているせいか、白蜜はにじみ出るように滴ってきただけだが、腰はビクビクと何度も跳ねる。プラグの球の間から温まったローションが洩れ出して、薔薇の香りを放ちながら内腿をぬらぬらと伝い流れた。啓佑が目を見張って言う。

「驚いたな。本当に喉で達っちゃったんですか？」

「うっ、ぅう」

「あなたのいいところをまた一つ知ることができて、俺はとても興奮していますよ。でも、ねぇ……？」

啓佑が困ったように笑って、博己の頭の後ろに添えた手でぐっと髪をつかみ、口腔からずるりと剛直を引きずり出す。

そのまま体を持ち上げられ、髪を引っ張られる痛みと絶頂の余韻とでクラクラしていると、啓佑が左胸のニップルクリップを持ち上げて、咎めるように言った。

「一人で勝手に気持ちよくなっては駄目だと、いつも言っていますよね？」

「いっ」

ニップルクリップをぷつりとむしり取られ、痛みに声を上げる。続けて右胸のクリップを指先でもてあそびながら、啓佑が続ける。

「そんなにも、お仕置きをされたいのかな、博己は？」

「あうっ！　あ……、ぁあっ、ご、め、なさ……！」

右のクリップも同じように外され、乳首の痛みにうめきながらも、禁を破って粗相をしてしまったことに焦って、あわあわと謝る。けれど啓佑は冷ややかな顔つきだ。悪い子にはどんな罰を与えるのがふさわしいか、考えているのだろう。

そう、博己は今、とても悪い子、悪いＳｕｂだ。悪いＳｕｂは、Ｄｏｍの手で厳しくお仕置きされ、調教されるべきなのだ。

（……叩いて、ほしい。啓佑の、大きな手で）

ジンジンと疼く乳首の痛みをこらえていたら、ふとそんな願いが浮かんだ。

放置されるのも苦しいけれど、それではいつもと変わらない。

それよりも、できるなら啓佑の手で、今までよりも厳しく罰してほしい。博己が嫌いなスパンキングで、体と心を責めてほしい。

心からの信頼を預けられる啓佑になら、痛みを与えられてもきっと乗り越えられる。啓佑だからこそ、そうしてほしいのだ。博己は啓佑を見上げて、かすれた声で言った。

「けい、すけ、俺は、悪い、子だっ」

「博己……？」

「とても悪い子、だからっ、俺にお仕置きを、してほしい。おまえの手で、してほしいっ」

そう言って体を丸め、啓佑の足の間の床に頭をつけて、尻を高く持ち上げる。

啓佑がはっと息をのんで、探るように訊いてくる。

「もしかして、お尻を打たれたいんですか、博己？」

「う、んっ」

「この、俺の手で？」

「……うんっ、お、れは、悪い子、だか、らっ」

声も体も震わせ、涙をこらえながら、なんとか言葉を絞り出す。

恐怖心がないわけではない。嫌な記憶を思い出してつらくならない保証もない。

でも啓佑になら、それをされたい。つらいスパンキングに耐え、赤く腫れた尻を優しく撫でられて、よく頑張ったと言われたい。

もはやすべてを投げ出したみたいな気持ちで、啓佑の返事を待つ。

啓佑がふっと一つ息を吐いて、静かに告げる。

「わかりました。あなたの可愛いお尻を叩いて、いい子になれるよう躾けてあげましょう。顔を上げて俺を見なさい、博己」

甘い言葉に心を搦め捕られて、涙に濡れた顔を上げる。漆黒の瞳で真っ直ぐに博己を見つめて、啓佑が言う。

「ソファの上に来て。俺の腿をまたいで、頭を左の肩に預けなさい」

「……はい……」

博己は体を起こし、命じられるままソファの上に乗った。啓佑の腿をまたいで、彼の左の肩に右の頬を乗せるようにして頭を預ける。

啓佑が間近で博己を見つめて微笑み、背中で縛められた腕ごと左手で上体を支え、それからやおら右手を上げて、スナップをきかせて博己の尻に振り下ろした。

「ひぁっ！」

ぴしゃりと肉を打つ鋭い音と痛みとが、脳天を貫く。本能的な恐れを感じて顔を見つめると、啓佑が目を合わせて、続けざまに博己の尻を打ち据えてきた。

「あぅっ……、あっ、ひあっ、ああっ……！」

ぴしゃり、ぴしゃりと、左右の尻たぶを何度も叩かれ、そのたびに博己の喉からは悲鳴が洩れる。

容赦なく叩かれる痛みと、Ｄｏｍの言いつけを守れず罰を与えられる情けなさ。

それだけで、不当に支配され虐待された遠い日の記憶がさあっと甦ってきて、息が詰まりそうになる。恐れと哀しみ、怒りと恥辱感。濁流のような感情に、意識をぐちゃぐちゃとかき回される。両の目からは涙が溢れて、体はガクガクと震え始める。

やはりスパンキングは自分には無理だ。今すぐやめてほしいと、強くそう思ったのだけれど――。

「……あなたは、思ったよりも複雑な欲望の持ち主なんですね、博己？」

火花みたいな痛みが尻で何度も弾ける合間に、啓佑の甘い声が鼓膜を揺らしてくる。

「最初のときからスパンキングはＮＧだと言っていたのに、こんなにも悦ぶなんて。俺に叩かれるたびにお尻の孔をヒクヒクさせて、ひどく感じちゃってるじゃないですか」

「そ、なっ……？」

「前もパンパンに張り詰めてきましたよ。これ、外さないと苦しいでしょう？」

「つぁ、あぁぁ――」

細筒からするりとブジーを引き抜かれ、切っ先から白蜜がとぽとぽと溢れ出す。

半分くらいは先ほどの残滓のようだが、啓佑がまた尻を打ち据え始めると、淫らな蜜がやむことなく溢れ滴ってきた。後ろもきゅうきゅうと恥ずかしく収縮して、叩かれるたび内襞がプラグにまとわりついていく。

「あっ、あっ、ぅうっ、あぁぁっ」

自分ではそんなつもりはなかったのに、もしやスパンキングで、悦びを覚えているのだろうか。何よりも恐ろしい罰、痛みと恥辱に満ちたお仕置きで……？

「い、やっ、こ、なのっ、だ、めっ」

「博己？」

「いけ、ないっ、お仕置き、なのにっ、気持ちよく、なっちゃっ……！」

「なっていい。俺が許します。恐れなくていいんです。自分を解放しなさい」

「いや、だっ、悪い子に、なるっ、もっと、悪い、子にっ」

「悪い子でもいいんですよ！　どうなっても、俺は絶対にあなたを見捨てない。いくらでも支配してあげますから、安心してどこまでも気持ちよくなりなさい、博己！」

「啓、佑っ！　ぁっ、ああっ、あ、はっ、あはッ、あはッ」

激しく叩かれる痛みとともに降り注ぐ啓佑の言葉に、まるで感情が振り切れたようになって、わけがわからず泣き笑う。

――――悪い子でも、お仕置きで悦びを覚えても、恐れなくていい。

そんな言葉、初めてかけられた。Ｓｕｂとしての自分を手放しで受け入れられたようで、身も心も歓喜する。

瞬間、哀しみの涙でにじんだ視界が、晴れた空みたいにぱあっと明るく開けて……。

「け、すけっ……、あ、ぅうっ、けえ、すけぇっ……！」

「ここにいますよ、博己。ほら、こっちを見て？」

啓佑が言って、ふふ、と笑う。

「ああ、なんて可愛いんだ。スペースに入ると、あなたはそんな声で甘えるんですね？」

啓佑が満足げに言って、ぴしゃりと一つ大きく博己の尻を叩いてスパンキングの手を止める。焦点の合わない目で啓佑を見つめて、博己はあえいだ。

「あ、あぁ……、う、ふぅっ……」

スペース、というのは、Ｓｕｂスペースのことか。経験したことがないからわからなかったが、これがそうなのだろうか。

叩かれた尻はジンジンと痛むのに、何やらふわふわと気分がよくて、体がとても軽い。マイナスの感情がどこかに消え去って、心が多幸感で満たされている。

啓佑に抱き支えられているせいか、まるで幼い子供の頃にでも戻ったような気分だ。

恍惚となっている博己を啓佑が愛おしげに眺め、アナルプラグを固定しているベルトを外して、優しく言う。

「あなたは本当に素敵なＳｕｂですよ。お仕置きだかご褒美だか、なんだかもうよくわからないですけど、とにかく頑張ってスパンキングに耐えましたし、ここからは、ただひたすら気持ちのいいご褒美をあげますね？」

「あ、ひっ、ぁ、ぁっ……――」

アナルプラグをゆっくりと引き抜かれ、上体がガクガクとのけぞる。

スペースに入っているせいか、博己の体はひどく敏感になっているようだ。薔薇の香りのローションをぽたぽたと洩らしながら、球の一つ一つが窄まりを抜けていくたび、オーガズムの波が体を駆け抜け、自身が濁った涙を流す。

まるで全身が性感帯でできた肉の筒にでもなってしまったみたいだ。余韻が去らず震え動く媚肉は、淫らに蕩けきって柔らかくほころんでいる。

啓佑が博己の腰を持ち上げ、硬くそそり立つ剛直の真上へと移動して、甘い声で告げる。

「さあ、博己。今度は後ろで俺を味わいなさい。そのまま、お尻を下ろすんです」

「は、ぃっ……、ぁ、あああっ――」

ゆっくりと腰を落とそうとしたら、下からズンと刀身をはめ込まれた。

最奥までみっしりと貫かれ、それだけでまた絶頂を極めさせられる。一瞬意識を失いかけていると、間髪を入れず激しい抽挿が始まった。

「あっ、ぅぐっ、ぁあっ、ぁああっ！」

まるで暴れ馬みたいな啓佑の律動。

ピークに達したままの肉筒を熱い楔でごりごりと擦り立てられ、気持ちよすぎてわけがわからない。ビュクビュクと白蜜をまき散らしながら、ただぐらぐらと揺さぶられるばかりで、次第に目が焦点を結ばなくなっていく。

「あっ、あはっ、け、すけっ、けぃ、すけっ」

「気持ちいい？」

「んんっ、ぃい、きも、ちい、きもちぃいいっ」

「ふふ、中、達きっぱなしになっちゃってますね、もう」

啓佑が言って、悩ましげにため息をつく。

「本当にいいＳｕｂだ、あなたは。可愛くて、手放したくなくなっちゃうな」

「けぇ、すけっ」

「もっと乱れて、全部さらけ出して。どこまでも可愛い姿を、俺に見せなさい……！」

啓佑の声は劣情で揺れている。博己は啼きむせびながら、啓佑が与える凄絶なまでの快楽にのまれていった。


いつもよりも敏感な体。浮遊感と恍惚感。甘く幸せな気持ち。

ＤｏｍとプレイをしていてＳｕｂスペースに入ったのは初めてだったが、噂に聞いていたよりも何倍も心地のいい時間だった。

もうずっとこのままでいたい、このときが終わってしまうのが惜しいと、そんな気分になったけれど、スペースは一種のトランス状態だ。初めての体験だけに、博己には心身への負荷が大きかったのか、啓佑に抱かれて何度か頂を極めたあと、燃え尽きるみたいに気を失ってしまった。

意識を取り戻したら朝で、拘束具などはとうに外されており、汚れた体も綺麗に拭い清められて、バスローブだけ身につけてベッドに横たわっていた。

「博己先輩、ジェットバスのお湯、溜まりましたよ」

ルーフバルコニーのほうから、同じくバスローブ姿の啓佑がこちらにやってきて、傍に屈んで告げる。

昨日はプレイルームの大きなベッドで、二人並んで眠ったようだったが、啓佑は博己が目覚めるよりも前に起き出して、すでに快活に動き回っていた。

「ほら、一緒に入りましょう。朝風呂、解放感があってけっこう楽しいですよ？」

「……いい、けど……、本当に、外からは見えないんだな？」

「一応衝立代わりの鉢植えがありますし、まあ大丈夫ですよ。超高感度のスコープでもあれば別ですけど、朝の東京湾に船出してまでわざわざ覗きたがるようなマニアックな人は、そうそういませんし」

啓佑が言って、博己の体を優しく抱き起こす。

これもＳｕｂスペースの名残なのか、博己の体はすっかり脱力してしまっている。

ルーフバルコニーにしつらえられたジェットバスまで、自分で歩ける気はまったくしなかったが、啓佑はそれを見越していたようで、さっと博己を横抱きにして、そのままバルコニーまで運んでくれた。

外はいい天気で、明るい朝日が射している。

「段差に気をつけて、先輩」

「うん……」

ジェットバスは広く、男二人で入っても十分余裕がありそうだ。先に入った啓佑に手を貸してもらい、バスローブを脱いで湯に浸かると、心地いい水流と泡に体を包まれた。

「わ、けっこう水圧があるな」

「強ければ、少し弱めますけど？」

「大丈夫。ああ、本当に気持ちがいいな、朝風呂」

昨日はプレイの間中、きつめの拘束具で体を締めつけられていた。少しこわばった感じが残っていたから、ジェットバスの湯の温かさと刺激でほぐれていくのが気持ちいい。朝日を浴びながらというのも、明るく突き抜けた感じで悪くなかった。

向き合って博己の様子を眺めて、啓佑が言う。

「今朝はとてもいいお顔をしていますね、博己さん」

「そう？」

「艶々というかぷりぷりというか、とにかく肌が輝いてる。すごく綺麗だ」

「そ、そうか？　まあ、本当にそうだとしたら、間違いなく昨日のプレイのおかげだな」

博己は言って、昨日の感じを思い出しながら続けた。

「Ｓｕｂスペース、体験するのは初めてだったけど、すごく新鮮だった。あんなふうになるんだな」

「あなたをあそこまで連れていけて、俺としても嬉しいです。でもスパンキングを求められたのは、少し驚きましたよ」

「うん……、あれは俺も、自分で驚いてるよ」

ずっとNG行為にしていたスパンキングを自ら求めるなんて、思い返すとずいぶん大胆なことをしたと思う。信頼している相手だからこそできたことだし、啓佑が節度を持って応えてくれたことも大きい。

自分の本当の望みを知ることができたし、また一つ前に進めた気がする。

もしかしたら今なら、過去と向き合うこともできるのではないか。

(啓佑には、話したい。何もかも、さらけ出したい)

ＤｏｍとＳｕｂとが補い合う関係だというのなら、それが許されるのはプレイの間だけではないはずだ。少なくとも啓佑は、博己が彼に対してオープンであることを許してくれていると感じる。

自分の欲望だけでなく、過去から今に至るまでの心のありようを、自分という人間そのものを、知ってほしい。

どうしてかそんな思いが募ってきたから、博己はゆっくりと口を開いた。

「俺はずっと、スパンキングされるのが、嫌だった。それは痛みが嫌だとか、そういう単純な理由じゃ、なくて」

おずおずと切り出してみたら、啓佑が話をうながすみたいに小さくうなずいたので、もっと言葉を紡ぎ出したくなった。こちらを見つめる啓佑の目を、そうすることで勇気が欲しいと思いながら見つめ返して、博己は静かに告げた。

「今まで、医者以外の人に打ち明けたことが、なかったんだけど……、俺は昔、虐待されていたんだ、養父さんに。Ｄｏｍの、御厨聡志に」

もはや養父と呼ぶのも嫌になって、思わずそんなふうに告げると、啓佑が驚いたように目を見開いた。その反応はとても自然だ。話しているこちらですら、当時を思い出して心拍数が上がり、胸が苦しくなってくる。

でもどうしてか、昨日の夕方感じたような、禁忌を犯したみたいな気持ちにはならなかった。博己は迷いながらも、言葉を続けた。

「中学のときに両親が事故で死んで、俺は遠縁のあの人の養子になった。たぶんあの人は、俺がＳｕｂだと知っていたからそうしたんだと思う。最初は優しかったけど、だんだん干渉がひどくなって、じきに俺を、あらゆる面で支配し始めた」

思い出したくない記憶を言葉にしたせいか、喉が詰まったみたいになる。

けれど、頑張ってここまで話したのだ。啓佑には全部聞いてもらいたい。博己は声を震わせながら打ち明けた。

「叩かれたり、犬みたいに扱われたり、ひどい言葉で罵られたり……。性行為の強要こそされなかったけど、あの人には嫌なことをたくさんされた。俺がプレイのNG行為にしていることは、どれもそれを思い出す、不快な行為なんだよ」

吐き出すみたいな博己の言葉に、啓佑が眉根を寄せる。

博己への憐憫というよりは、養父への強い怒り。とても真っ当な感情が、啓佑の端整な顔に浮かび上がっている。

博己が何を話しても、医者はそういう反応はしない。だから啓佑が素直に怒りを感じてそれを表に出してくれるのは、博己の気持ちを理解してくれているみたいで嬉しい。

けれど一方で、自分の過去の嫌な出来事なんかで彼の健やかな心を乱してしまうのは、とても申し訳ないとも思う。啓佑を安心させたくて、博己は笑みを見せて言った。

「あ、でも誤解しないでくれ。昨日はそんなことなかったんだ。不快だなんて少しも思わなかった。おまえに叩いてほしいと思ったのも、叩かれて気持ちがいいと思ったのも、どっちも本当のことだ。おまえなら大丈夫だって、そう感じたからだと思う」

「博己先輩……」

啓佑が、ほんの少しほっとしたみたいな顔をする。

「つまり俺は、あなたに安心感を与えることができていたんですね？　こうして話してくれたのも、そう感じてくれているから？」

「ああ。おまえにならら話せるかもって、そう思った。おまえが俺を、つらかった過去から解放してくれたんだ」

――――そんなふうに思えた相手は、啓佑だけ。

ふとそう気づいて、トクンと心拍が跳ねた。

プレイの間だけでなく、今この瞬間も、博己は啓佑に心を開き、すべてをさらけ出せている。啓佑の前ではSubとして身も心も満たされ、自分らしくいられる。

啓佑の端整な顔を、大きくて美しい漆黒の瞳を見つめているだけで、ありありとそう感じて、ドキドキと胸が高鳴ってくる。

昨日啓佑とビストロで話していたときの、胸のときめき。彼が言った愛という言葉。

それが博己の中で一つに結ばれ、心に甘やかな感情の火がぽつりとともる。

（……俺、啓佑の、こと……）

もはや疑いようのない感情の小さな兆しをつかみ、自ら噛み締めるようにそう思い至った瞬間。彼と過ごしたすべての時間の記憶が、甘い彩りを帯びた。目の前の啓佑がキラキラと輝いて、目を合わせているだけで頬が熱くなっていく。

啓佑と、もっとプレイをしたい。それだけでなく、もっと一緒の時間を過ごしたい。

ただのプレイパートナーではなく、もう一歩進んだ関係を築きたい。

そんな思いが、溢れるみたいに湧き上がってくる。

Ｄｏｍに対して、こんな気持ちになったのは初めてだ。

(啓佑に、伝えたい。俺のこの、気持ちも)

今なら、どんなことにでも素直になれそうな気がする。啓佑がそうさせてくれたのだと、たまらないほどの喜びを覚えながら、博己は啓佑を真っ直ぐに見つめた。

「……なあ、啓佑。俺はおまえと再会できて、本当によかったって思ってるんだ」

博己は言って、はやる気持ちを抑えながら続けた。

「俺を助けてくれて、たくさんプレイをしてくれて……。だから俺は、おまえには感謝してもしきれないなって、思ってて」

「そんな、大げさです。ずっと頑張ってきたのは、あなた自身なんですから」

「でも、おまえがいなかったらどうなってたかわからない。昔のつらいことをずっと克服できずに、きっと今でも薬に頼って、苦しみ続けていただろうし」

それを考えると、あのとき再会できたのはやはり何か運命の導きなのではないかと思えてくる。自分が啓佑に惹かれ始めたことだって、もはや必然なのではと感じるのだ。

「全部、おまえのおかげだ。おまえがいてくれたから、俺は前に進めた。Ｓｕｂとして……、一人の人間としてな」

「あなたにそんなふうに言ってもらえるなら、俺はそれだけで嬉しいですよ、博己さん」

そう言って啓佑が、ニコリと微笑む。

「だって俺は、あなたを助けるためにプレイパートナーになったんですから。あなたがＳｕｂとして健全な生活を送れるようにね。ちゃんとその手助けができて、あなたがつらかったことを乗り越えられたなら、本当によかったです」

「啓佑……」

誠実な言葉に、ほろりときてしまう。

やはり啓佑は素晴らしいＤｏｍだ。これからもパートナーでいたいし、それ以上の関係にもなりたい。博己は想いを伝えようと、口を開いた。

「啓佑、俺は……」

「あなたは、もう大丈夫ですね。これから出会うＤｏｍとは、Ｓｕｂとしてきちんと向き合って、ちゃんとした関係を築くことができるはずですよ？」

「……え……」

「パートナーになって、いいプレイを重ねて。いずれは契約パートナーになりたいって思えるような相手と、あなたならきっと出会えます。俺は、そう確信しています」

「……啓、佑……」

思いもしなかった言葉を告げられ、言葉を失う。

これから出会うＤｏｍ、だなんて、どうしてそんなおかしなことを言うのだろう。

そんな架空の相手ではなく、博己は今、目の前で向き合っている啓佑とこそ、そういう関係を築きたいと強く願っているというのに。もしや啓佑は、プレイパートナーの博己がそんな気持ちになったりはしないだろうと考えているのか。

だったら、啓佑には考えを改めてもらわなければ。ちゃんと自分の気持ちを言葉で伝えなければと、そう思ったのだけれど……。

(……違う、そうじゃない。啓佑は、わかってて俺の言葉を遮った)

そう気づいて、冷たい水を浴びせられたみたいな気持ちになる。

博己が想いを伝えようとしていることが、啓佑にはわかったのだ。だからああいうふうに言って、博己の口を封じた。至って穏やかな啓佑の表情と言葉とからそれを悟って、博己は胸がキリキリと痛むのを感じた。初めて好意を抱いたＤｏｍに、そんなあっけない振られ方をするなんて、思いもしなかった。

でも幸か不幸か、博己にはそれが彼の誠実さと善性ゆえの行為であることがわかってしまう。告白してから振られるほうがより哀しいだろうと、啓佑が一瞬でそう判断したのであろうことすら、博己には感じ取れてしまった。

それは啓佑の優しさなのだろうが、今の博己にはひどく残酷だ。

(けど、俺たちは最初から、プレイだけの関係だったじゃないか)

元々、啓佑が日本とアメリカを行き来する間この部屋で逢うという、期間限定の関係だ。正式な契約を交わし合ったわけでもない、ただのプレイパートナーなのだ。

それなのに博己が勝手に熱くなって、彼が言った愛という言葉で火がつき、彼に恋をしてしまった。啓佑からしたら、むしろ博己の心の変化は、契約違反とも取れるだろう。

頭ではそれを理解できるのに、やはり哀しい気持ちになる。

博己にとっては、ほとんど初めての恋なのに……。

「ねえ、先輩。朝食はご飯派？　それとも、パン派？」

「え……」

「俺、けっこう美味い朝食を作るんですよ？　ぜひあなたに食べてほしいな。ほら、昨日は俺のわがままで、泊まらせちゃったみたいなものですし」

いつもの朗らかな口調で、啓佑が言う。

そういえば、この部屋に泊まったのはこれが初めてだったとふと気づかされる。

彼との関係にいずれ終わりが来るのなら、もうこれ以上、あとからしみじみと振り返ってしまいそうな思い出は作りたくないと、そう思うのだけれど。

「……どっちでも。啓佑が作ってくれるなら、ありがたくいただくよ」

どうにか答えて、笑顔を作る。

寂しい気持ちを押し隠して、博己は抜ける青空を見上げていた。

Ｄｏｍを好きになったのは、啓佑が初めてだった。

その気持ちを伝える前にさらりとかわされ、博己の恋は、告げる前から破れてしまった。

だがダイナミクスというのは不思議なもので、そんな状態でもプレイパートナーとしての関係を続けることはできる。むしろプレイだけと割り切った関係のほうが、より濃密で、より大胆で、どこまでもエロティックな行為へとプレイを深めていけたりもして……。

「……んぐ、んむっ」

夜風が心地いい、啓佑のマンションのルーフバルコニー。

博己は風呂上がりに借りた啓佑のシャツ一枚を羽織ってカウチの前に膝をつき、啓佑に頭の後ろを押さえられて屹立した雄を喉に突き込まれている。手は背中で緩く縛られているから、どのくらい深くまで博己の喉を突くかは、完全に啓佑の加減次第だ。

海に背を向けて立つ啓佑の体自体が外からの視線を遮っていて、深めのサンシェードもかかっているとはいえ、ここは一応屋外だ。今にも誰かに見られるのではないかと、最初はビクビクしていたのだが、博己はすでに恍惚となり始めている。

肉杭が口腔を出入りするたびジュプジュプと立つ水音と、後ろに挿入された電動プラグのモーター音に鼓膜を揺らされ、自意識が溶けてしまいそうだ。

「口の中、とても熱い。すごく興奮しているでしょう？　こんなふうに外でするのも、嫌いじゃないんですね、あなたは」

「んっ、ん、くっ」

「もっと頬を窄めて、舌を裏の筋に添わせなさい。とても、上手になってきましたよ？」

啓佑がさらに深く腰を進めながら、ささやくように褒めてくれる。喉の苦しさが少し増すが、その分気持ちよくもなる。

相手の口腔を交接器官みたいに使うイラマチオは、ダイナミクスでなくとも支配的で、ある意味一方的な行為だ。物みたいに扱われることを嫌う人には屈辱的なのかもしれないが、被支配欲求を持つＳｕｂの博己にとっては、よほどヘタな相手でなければむしろ受け入れたいと感じるプレイだ。

啓佑の腰づかいは、博己が苦しさと悦びを同時に覚えるくらいの絶妙さで、このまま突き続けられたら、また喉だけで達してしまいそうだ。劣情を律してそれを懸命にこらえるのは、今や博己にとって、何よりも被支配欲求を満たされる行為だった。

（もっと啓佑に、支配されたい。仕事でも日常でも、もっとたくさん……！）

あのあとも、啓佑とは仕事や日常の時間を、プレイと同じくらい自然に重ねている。

プレイ以外の時間にかすかな支配が紛れ込むことにも、博己はすっかり慣れていて、仕事が遅くなった夜に泊まれと命じられるのも、翌朝美味しい朝食を用意してくれるのも、全部彼の言う「完璧な支配」なのだと感じるから、Ｓｕｂの博己としては、ただ心地よく支配されているばかりだ。

こんなふうに外でプレイをするのは強烈に恥ずかしいが、それも含めて啓佑に何もかもを委ねられているのはＳｕｂとしてとても満たされることには違いなかった。

でも――――。

（啓佑にだって、我を忘れてほしいのに）

どんなにプレイで自分をさらけ出し、心身を気持ちよく解放されても、啓佑のことが好きな分だけ、博己は自分の感情を持て余してしまう。

啓佑はいつだって完璧なＤｏｍとしての態度を崩さないけれど、せめてプレイの間くらい、余裕のない様子を見せてほしい。行為にのめり込んで節度を失う姿を見せてほしいと、ついそんなことを思ってしまうのだ。完璧なＤｏｍの振る舞いにほころびを見つけたところで、啓佑が気持ちに応えてくれるわけでもないのに。

だが、そもそもこの気持ちは本当に恋なのか。Ｓｕｂであるがゆえに、極上のプレイをしてくれるＤｏｍの啓佑に、心まで支配されてしまっているだけなのではないか。

想いを告げられぬ苦しさに焦れるあまり、そんなふうに考えてしまうと、もはや自分というもののありようすらもよくわからなくなってきて、なんだか怖くもなってくる。

特定のＤｏｍに依存して、その人なしでは生きられないと思い詰めたら、Ｓｕｂは簡単にドロップしてしまう。啓佑はそのあたりのコントロールも上手いに違いないが、この関係がいずれ終わるのだとしたら、その先に彼はいないのだ。

啓佑に去られたら、自分はどうなってしまうのだろう。彼にプレイパートナーを解消されてしまったら、自分はいったい、どうしたら……。

「……あ、永井さんからメッセージだ」

博己の内心の葛藤になど気づかぬ様子で、啓佑が胸ポケットから携帯を取り出して言う。

「ああ、よかった。あなたのスーツ、パーティーに間に合わせてもらえるみたいだ。これは楽しみだな」

「……？」

「一応、大伯母様の研究に興味がある友人の編集者、ってていで、列席者リストに入れてもらいましたけど、あなたはプレイパートナーですからね。パーティーの夜はあのスーツが拘束具の代わりです。俺とあなたにしかわからない、秘密のプレイですよ？」

啓佑が言って、くすくすと笑う。

「……なんて言っちゃうと、変に意識してしまうかな？　でもそういうのも、あなたは嫌いじゃないでしょう？」

「……ん、ぁ……」

不意に口腔から熱杭をずるりと引き抜かれ、唾液がこぼれて顎を伝う。半ば蕩けた頭でぼんやり見上げると、啓佑が笑みを見せて言った。

「よくできました、博己。ご褒美をあげますから、カウチに頭と胸を乗せて、お尻を持ち上げなさい」

「はっ、い……」

屋外でそこまでするなんて、と一瞬思ったが、ご褒美がもらえる喜びの前では、ためらいなど吹き飛んでしまう。期待に震えながら命令に従うと、啓佑が背後に膝をつき、シャツの裾をまくって博己の尻をむき出しにして、後ろからプラグを引き抜いた。

そうして両手を博己の腰に添え、背後からのしかかるようにしながら後孔にずぶずぶと雄を沈めてくる。

「は、うっ、ぅ……！」

熱くて大きな、啓佑の欲望。

それは啓佑そのもので、博己が一番欲しいものだ。秘めた思いのたけを無言で伝えようとするみたいに、窄まりが幹をきゅうきゅうと意地汚く食い締め、媚肉はピタピタと幹に吸いついていく。ああ、と低く吐息を洩らして、啓佑が言う。

「ここ、すっかり俺の形になってる。そんなにも、これが欲しかったんですか？」

「う、んっ」

「ふふ、素直ないい子ですね、あなたは」

「あっ、は、ぁうっ、ぅ、ンん……」

ゆったりと腰を使われ、快感で体を貫かれる。

声を立てまいと口をつぐむけれど、喉から洩れる濡れた吐息は抑えようもない。

啓佑が背後からぐっと身を寄せ、博己の頭に手を添えて言う。

「声、ご近所さんに聞こえちゃいますよ？」

「ふ、ぅうっ」

「抑えられそうもないなら、顔、こっちに向けて？」

「ん、んっ、ぁ、んむ、ン……！」

首をひねって振り返ったら、奪うみたいに口腔を重ねられ、舌を激しく吸い立てられた。

そうしながら大きな動きで楔を打ちつけられ始め、凄絶な悦びで気が遠くなっていく。

（啓佑が、好きだ……、俺は、啓佑がっ……）

抱かれるたび募る気持ちを、激情のままに告げてしまいたいけれど、博己にはそうすることができない。なぜなら啓佑が、博己にそれを許していないからだ。

プレイパートナーとして自分を支配するＤｏｍの啓佑に、彼の意思に背いて想いを告げること。

それはＳｕｂの博己にとって、今やセーフワードを口に出すよりも苦しく、困難なことになってしまった。セーフワードはプレイを終わらせるだけだが、もしも博己が想いを告げてしまえば、プレイパートナーの関係そのものを終わらせてしまいかねないのだ。

（それは、嫌だ。まだ、嫌なんだ……！）

いつか終わる関係であっても、今はまだ終わりたくない。

だからせめてプレイの間だけは、感情など忘れていたい。啓佑に体を支配されて、どこまでも悦楽に溺れていたい——。

博己は切なくそう思いながら、啓佑のキスと肉杭の熱さとを味わっていた。


そんな気持ちのまま、それから一週間ほどが経った。

「あ、啓佑君！　いらっしゃい！」

「こんばんは。せっかくだから来ちゃったよ」

都心のホテルの最上階、眺めのいいスカイラウンジ。

啓佑の大伯母の誕生日のお祝い会は、まだ西の空がほんの少し明るい、夕刻の早い時間から始まった。受付に立っていたのは、先日街で見かけた啓佑のいとこの男性の一人だ。

「来てくれるかなって、みんなで話してたんだ。正輝君、実習か何かが入っちゃって、急に来られなくなっちゃってさ」

「そうなんだ？」

「啓佑君だけでも来られてよかったよ。お連れ様はご友人の……、御厨様ですね？」

いとこが受付に置かれた名簿を確認して、名札をこちらによこす。

博己は受け取って答えた。

「お招きありがとうございます」

「大伯母がぜひお話したいと言ってました。実は大伯母と専門的なお話ができる人、身内にいなくて。こちらこそ、いらしてくださってありがたいです」

「博己先輩は海外文学に詳しいからね。今のうちに紹介しますよ。行きましょう」

啓佑がそう言って、博己をラウンジの中へといざなう。

中にはすでに、ウエルカムドリンクのグラスを片手に歓談しているゲストがたくさんいる。一見して上條家の親族とおぼしき人たちや、上條グループの会社関係の人たちだとわかる一団がいるが、ほかは年齢も服装もバラバラで、あまり統一感がない。

これなら自分が紛れ込んでいても大丈夫そうだと、博己はほんの少しほっとした。

シャンパンのグラスを手にラウンジを見渡して、啓佑が言う。

「けっこう集まってるな。上條グループの会社関係の人間が思ったより来てる。いかにもビジネスで来てますって感じのスーツのゲストも……。何か商談でもするのかな？」

「え。大伯母様のお祝い会って、もしかして建前か？」

「いえいえ。ただ単に、どんな席でも人脈作りに利用してやろうって人間が多いだけです。気持ちはわかるけど、パーティーを楽しもうって気のないゲストは、スマートじゃないなって思っちゃいますねえ、俺は」

そう言って啓佑が、博己を上から下まで眺める。

「それにしても、よく似合っていますね、そのスーツ」

「そ、そうか？」

「永井さんの腕ももちろんですけど、スーツは着こなしてこそです。素敵ですよ？」

啓佑に見立ててもらった例のオーダースーツは、昨日出来上がってきた。

ワイシャツもスーツも博己の体にぴったりで、本物をあつらえるというのはこういうものなのかと、博己はとても感銘を受けた。

でも啓佑がこの前、このスーツは拘束具の代わりだとか言ったものだから、身につけているとなんだかそれを意識してしまって、ちょっと妙な気分になる。

パーティーに出席するというのに、彼が秘密のプレイだなんて言ったせいで変な胸のざわめきを感じたりするのは、さすがにちょっとどうなのかとは思う。

「……ああ、大伯母様が、あそこに……、ん？　どうしたんだろ……？」

啓佑がラウンジの奥に目を向けて、ほんの少し眉根を寄せたから、博己もそちらに顔を向ける。車椅子に座った高齢の女性が額に手を当てていて、周りのゲストたちが心配そうに様子を窺っている。

もしや具合でも悪くなってしまったのか。

「すみません、ちょっと様子を見てきても？」

「もちろんだ。何かつまんで待ってるから、行って差し上げてくれ、啓佑」

そう言うと、啓佑はうなずいて、足早に大伯母のほうへ歩いていった。


パーティーというのは、人を観察するのにはもってこいの場所だ。

博己のような人間にとっては、人の内面が見えすぎて胸焼けを起こしそうになることもあるが、ここには啓佑以外知り合いがいないので、特に気持ちを乱されることはない。

その啓佑も、先ほどからほかの親族たちとともに、軽いめまいを覚えたという大伯母に付き添っている。だから今ここには、縁のない他人しか存在していない。

それはとても気楽なことだが。

(……ん？　あれって確か、啓佑の弟の、母親……？)

ラウンジの反対側を横切っていく女性に目を向けて、博己は記憶をたぐった。

確か美紀子、という名だったか。啓佑はいろいろ複雑で、としか言っていなかったが、この間の邂逅のとき、彼女は結局最後まで啓佑と言葉を交わすことはなかった。

離れて啓佑を見る目は冷たく、心の中に強い敵意を押し隠しているかのようだった。

いわゆる継母で、先妻の子である啓佑とはずっと折り合いが悪いとか、そういう関係なのだろうか。

見るともなしに見ていると、美紀子が壁際に近づき、そこに所在なさげに立っていたスーツの男性に目配せをして、さっと通り過ぎるのが見えた。

よく見てみると、その男性は啓佑が、上條家の名ばかりの当主だと言っていた叔父その人だった。美紀子が来るまで精気がなかった当主の目がわずかに輝き、周りに気づかれぬよう、さりげなくあとを追いかけて歩き出したから、思わず目で追ってしまう。二人はそのまま人目をはばかるようにラウンジの隅に行き、二人きりになって何か話し始めた。

(……あの二人、もしかして、親しいのか?)

遠すぎて、何を話しているのかはわからない。だが美紀子の表情や顔色、目の輝きには、独特の艶が見える。当主のほうも親しげに目を細めて、口元には微笑を浮かべている。

周りに知られないよう気をつけているふうだが、あの二人は、どうやらいくらか親密な間柄のようだ。

「……こんばんは。みくりやさん、とお読みするんですよね?」

「っ!」

覗き見でもしているみたいな気分で二人を見ていたら、突然横合いから声をかけられたので、危うく叫びそうになった。慌てて顔を向けると、博己よりも頭一つ分くらい背の高い、がっちりとした体格の男性が、ワイングラスを片手にこちらを見ていた。

「突然失礼しました。私は経営コンサルタントの陣野(じんの)と申します。初めまして」

「は、初めまして」

経営コンサルタントという肩書にしては、体を鍛えすぎている感じがするが、押しの強さが必要とされる職業ではあるだろうか。オールバックのヘアスタイルもタフな雰囲気を醸し出している。いったいなぜ、そんな人物が声をかけてきたのだろう。

素朴な疑問を抱いていると、陣野と名乗った男が笑みを見せて言った。

「あの、違ったならすみません。もしや、作家の御厨聡志先生の親戚の方とかでは？」

「……っ！　あ、ええと、はい。御厨は、遠い親戚で……」

赤の他人だと嘘をついてもよかったが、何かの都合でそれがバレると面倒なことになりそうだったから、あいまいに答える。陣野が目を丸くする。

「ああ、やはりそうなのですね！　実は私、先生の作品の大ファンで！　そう多く見かける名字でもないし、あなたは出版関係の方だと小耳に挟んだので、もしかしてと思ったのですよ！　いやあ、親戚の方に出会えるなんて嬉しいなあ！」

陣野が興奮した声で言って、博己の手を取ってがしがしと握ってくる。

「ここで出会えたのも何かのご縁だ。よろしければ、御厨先生のお話を聞かせていただけませんか」

「ええと、その……、そう、言われても」

「作品のお話でもいいんです。何か少しでも……！　どうか、お願いします！」

熱烈な声でそう言われ、真っ直ぐに見つめられて、なんだか断りづらくなってしまう。

博己はあいまいにうなずいて言った。

「そう、ですね。さして面白いエピソードもないですけど、少しなら」

「嬉しいです。場所を変えませんか。お話するのにいいところを知っているんです！」

「場所を？　あの、でも」

「いいから！　『黙って俺についてこい』」

「なっ、ん……？」

突然陣野に目を覗き込まれ、低く命令されて、体が硬直する。

抗いがたい言葉の響き。うかつにも気づかなかったが、この陣野という男はＤｏｍのようだ。目をそらして逃れなければと思うのに、あまりにも不意打ちだったから、コマンドに逆らうことができない。陣野がニヤリと笑って言う。

「行きましょうか、御厨さん。ご案内しますよ」

陣野が博己の腰に腕を回す。不快な力強さに囚われたまま、博己は歩き出した。


「……俺を、どこへ連れていく気だ」

ラウンジから連れ出されてエレベーターに乗せられ、不安を隠せず訊ねると、陣野が地下二階のボタンを押しながら答えた。

「ゆっくり楽しめる場所さ」

「楽、しむって」

「わかるだろ、あんたもＳｕｂなら」

陣野が軽く言って、こちらを流し見る。

「中高が一緒の編集者の友人、って触れ込みだったか。本当はあの男、上條啓佑のプレイパートナーなんだろ？　あんた、あいつの本性を知ってて付き合ってんのか？」

「……本性……？」

思いがけない質問に、一瞬首をかしげた。

この陣野という男が何者で、啓佑の何を知っているのかわからないが、彼に「本性」なんてものがあるなんて、博己にはとても思えなかった。

何か騙そうとでもしているのではないかと警戒していると、陣野がクッと笑った。

「なんだ、知らないのか。あの男はそこらのＤｏｍとは違うぞ。生まれながらに強力な支配能力を持った、恐ろしいＤｏｍだ。ほんのガキの頃、上條家に仕えていた使用人の一人をグレアのひとにらみで廃人にしたって話、一族で知らない奴はいないらしいぞ？」

「……何を、言って……」

「噂じゃうっかり学校の担任を病院送りにしちまって、あの男の死んだ親父があちこちコネを使って必死で揉み消したこともあったらしい。親父が早死にしたのは、心労がたたったからだとかいわれてる。母親も早くに亡くなってるっていうし、あんたもとことん支配し尽くされて、しまいにゃ壊されちまうかもしれないな」

虚実のわからない大げさな口調で陣野が言って、いやらしい目をして続ける。

「だがまあ、Ｓｕｂはあの手の優男のＤｏｍに弱いからな。甘くて紳士的ないい男に色恋プレイを仕かけられて、知らぬ間にメロメロにされて離れられなくなる。あんた、もうあいつに惚れかけてるんじゃないのか？」

「そんな、ことっ」

否定しながらも、動揺してしまう。色恋プレイだなんて思ったことはないが、プレイパートナーなのに彼を好きになってしまい、こちらだけが胸を焦がしてぐずぐず悩んでいるのは、否定できない事実だ。

でも廃人にしたとか人を病院送りにしたなんて話は、とても信じられない。強い支配能力を持ったＤｏｍだというのが本当だとしても、あの啓佑が、まさかそんなことをするわけがないのに。

陣野の言葉にわけがわからず戸惑っていると、やがてエレベーターが停まった。

地下二階は駐車場だ。車に乗せられたらどこに連れていかれるかわからない。なんとかして逃れなければと焦っている博己に、陣野が脅すように告げる。

「逃げようったって無駄だぞ？」

「っ！」

「言っておくが、俺に逆らえると思わないほうがいい。何せこれで飯を食ってるんだからな。わかったら、大人しくついてこい」

「……くっ……」

抵抗したいのに、エレベーターを降りて歩き出した陣野から逃げられず、腰を抱かれたまま歩く。確かにこの男のＤｏｍとしての支配能力は高いみたいだ。

博己を連れ出そうとしているのは、プレイ目的の個人的な行動なのかと思っていたが。

（誰かが、そうするように仕向けた……？）

飯を食っていると言うからには、陣野は誰かに依頼されて、博己を拉致しようとしている可能性もある。初めから啓佑の連れだとわかっていてそうしたのなら、博己自身をどうこうしようというより、啓佑に対して何かを要求するつもりなのではないか。

「俺を連れ出して、どうするつもりなんだっ」

「さあ、どうしてやろうかな。あの男はしないようなハードなプレイでさんざん啼かせて、俺好みに調教してやろうかな？」

「そんなことを言って、目的は俺じゃないんだろ？　啓佑に何かさせる気なのか？」

懸命に気を張って問いかけると、陣野が目を細めた。

「……まあまあ頭が回るじゃないか。けどそこまで考えたなら、俺がぺらぺらと理由を話したりしないことも、当然想像がつくよな？」

陣野が言って、愉快そうに笑う。

「だが俺にとって、この仕事は趣味と実益を兼ねていてな。あんたには、何をしてもいいことになってるんだ」

「……っ……！」

「楽しみだよ。ほかのＤｏｍが大事にしてるＳｕｂをめちゃくちゃにいたぶって、身も心も俺のものにする。こんなにも支配欲を駆り立てられることは、ほかにないからな」

下種な言葉に反吐が出る。こんなＤｏｍがいるから、ダイナミクスはいつまで経っても邪な欲望を持つ堕落した人間だと、偏見の目で見られるのだ。

（だけど、啓佑は、違うはずだ）

廃人にしただの病院送りにしただの、物騒な話には驚かされたが、この男に何を言われても、自分は啓佑を信じたい。

もしも本当に何か衝撃的な過去があったのだとしても、ほかならぬ博己自身がそうであったように、啓佑が誰にも話したくない、話せないと考えているのなら、それはまだ聞くべきときではないということなのだ。今はただ、啓佑と過ごしてきた時間を信じていたい。

少なくとも、啓佑自身が自ら話せるようになるときまでは――――。

「よし、と。さあ、この車に乗れ」

陣野が駐車場の奥まった場所に止めた黒いワンボックスカーのロックを解除し、スライドドアを開けて命じる。

だがこれに乗ってしまったら、逃げるのは難しいだろう。絶対に乗るべきではないと、博己の本能がそう告げている。Ｄｏｍの命令に逆らうのは、Ｓｕｂとしてとても苦しいことではあるけれど。

（……ここは、ホテルの駐車場だ）

こういう場所には、必ず監視カメラがある。であれば、陣野は博己を無理やり車に乗せたりはしないはずだ。

ＤｏｍとＳｕｂがどのような関係を結ぶかは、成人同士であれば自由意思とされているが、不当な支配は明確な犯罪だ。だからこういう場合、陣野は博己に「自らの意思」で車に乗るよう仕向けなければならない。

陣野はパーティーの客として顔を出して出席していたのだから、たとえ名前などを偽っていたのだとしても、調べればじきに身元がわかるはずで、その点でも無茶はしないのではないかと思える。つまりこの場を切り抜けられるかどうかは、博己自身の抵抗心の強さにかかっているということだ。

「……い、やだっ。俺は、乗らないっ」

「おいおい、おまえはＳｕｂのくせに、Ｄｏｍの俺の命令に逆らえると思ってるのか？」

「っ……」

「逃げようにも、ろくに足も動かないくせに。あまり強がってると、痛い目を見ることになるぞ？」

陣野がドスのきいた声で言って、それから嫌な笑みを見せる。

「それともあれか。あんたはこういうほうが、いいのか？」

「っ……、ンっ！　ん、うっ！」

いきなり体を反転させられ、背中をドアに押しつけられてキスをされ、ぞっと背筋が冷たくなる。口腔に舌をねじ込まれ、体を服の上から両手で荒々しくまさぐられて、不快感で吐き気すら覚えた。

だが体は抗えず硬直する。Ｄｏｍの直接的な支配にＳｕｂの本能が反応して、逃げたいのに体が言うことを聞かないのだ。キスと抱擁とで博己の自由を奪いながら、陣野が博己の体を車に滑り込ませようとしてくる。

(駄目、だっ、車に、乗っては……！)

強く自分に言い聞かせるようにそう思い、車内に体を押し込まれないよう、とっさにスライドドアの取っ手に手をかける。力いっぱいドアを引っ張って閉めようと動かした瞬間、スーツの袖口のボタンが取っ手に引っかかり、ピンと弾け飛んだ。

「……あっ……」

駐車場のコンクリートの床に落ちたのは、グレーのボタンだ。

啓佑が見立ててくれ、永井の意見も聞きながら一緒に選んだオーダースーツの、美しいボタン。啓佑が博己にまとわせた、拘束具の代わりの……。

「……っ、放せっ、俺に、触るなっ！」

「うぅっ……！」

一瞬気がそれたせいか陣野の支配を逃れ、かすかに体に力が戻ったから、博己は陣野の舌を噛んで突き飛ばし、よろよろと車から離れた。

壁際に非常用の通報ボタンが設置されているのが見えたから、駆け寄って押そうとしたけれど、すぐに陣野に追いつかれて羽交い締めにされ、体を思い切り壁に叩きつけられてしまう。

「こいつ……！　大人しくしてろと言っただろ！」

監視カメラの死角にでも入ったのか、陣野が怒鳴って博己の胸ぐらをつかみ、左右の頬を平手で激しく殴りつけてくる。腹に膝蹴りまで食らわされたから、痛みでその場にうずくまってしまった。忌々しげに、陣野が吐き捨てる。

「まったく、身の程を知らないＳｕｂだ！　この俺に抵抗するなんぞっ……」

言いかけて、陣野が思案げに言いよどむ。

「いや、待て。俺にする抵抗だと？　並みのＳｕｂに、そんなことができるわけがない。おまえ、もしかして……？」

「おい、何をやってるっ！　博己さんに何をしたっ！」

耳に鋭く届いた啓佑の声に、陣野が息をのんだ。

助けに来てくれたのだと、顔を上げて声がするほうに向けると。

「……ヒッ……！」

こちらに向かって走ってくる啓佑の漆黒の目に、見たこともないほど激しい怒りの焔が見えたから、知らず喉の奥で悲鳴を上げた。

ダイナミクスどころか、Ｎｏｒｍａｌの人間でさえすくみ上がりそうなほどの、強力なグレア。それを浴びせられた陣野は、立ち尽くして目を見開いている。

広い額には見る見る脂汗が浮かび、口唇はわなわなと震えて、大きく表情が歪んでいく。

まるで見えない目線のレーザービームで、脳髄を焼き切られてでもいるかのようだ。

あんなにも苛烈なグレアを向けられたら、いくら陣野が強いＤｏｍでも、それだけで精神をやられてしまうのでは――――。

「……っ……？」

（な、んだ、これっ……？）

不意に博己の脳裏に、ぶつ切りになった記憶の断片が脈絡もなくいくつも浮かんできた。

色あせた夕方の室内。赤く燃えるような恐ろしい二つの目。恐怖におののき、正気を失いそうになっている男の顔。

これはいったいいつの、なんの記憶なのか。はっきりと思い出せず頭が混乱する。

でも博己は、確かにこの光景を見ていた。一部が焼け落ちたアナログ写真みたいな視界の中に、実体のない真っ赤な二つの目がぎらぎらと光っている。それがなんなのかはわからないが、博己の目の前で腰を抜かして半狂乱で叫んでいる男は――――。

養父の、御厨聡志……？

「……ぅ、うぅっ！　ぁあ、うあああぁッ……！」

突然割れそうなほどの頭痛に襲われ、博己は頭を抱えて絶叫した。

痛みが激しすぎて視界が歪み、縁のほうがよく見えなくなる。

狭まった視界の中、啓佑が異変に気づき、こちらに駆け寄ってくるのが見えた。

「博己さんっ？　どうしたんです、大丈夫ですかっ？」

「け、い、すけっ……！」

間近で博己を見つめる啓佑の目には、もうグレアは見えない。

だが先ほどの恐ろしい二つの目が頭から離れず、体がぶるぶると震える。まるであの目が啓佑の目線と重なって、博己の脳の底まで深々と刺し貫いてくるようで――――。

「……っ！　おい待て、逃げるなっ！　おまえはいったいっ……！」

振り返って叫んだ啓佑の声をかき消すように、黒いワンボックスカーがきゅるきゅると
タイヤを鳴らして走り去っていく。
　意識の糸がぷつりと切れたみたいに、博己は気を失っていた。

『お養父さんが倒れているのを見つけたときのことを、もう一度話してもらえますか』

　十年前のとある日の夕刻。

　家の庭に、養父が頭から血を流して倒れているのを、博己は見つけた。

　どうやら二階の、博己の部屋に隣接する廊下の窓から転落したらしいのだが、窓は平均的な体格の成人男性が誤って落ちるような高さではなかった。そのため、そのとき自室にいた博己は、医師や警察から何度も事情を聴かれている。

　だが博己はそのときの記憶がとてもあいまいで、部屋にいた数時間自分が何をしていたのかも思い出せなかった。だが養父の転落事故にかかわった証拠などはなかったため、結局養父が自ら窓枠を乗り越えて落ちたのだと結論づけられた。

　自殺だったのか事故だったのか、いまだにわかってはいないし、博己もそのときのことを思い出せずに十年が経っていた。それなのに――――。

（あの人は、何に怯えていたんだろう）

パーティーの途中で陣野に拉致されそうになった日、突如博己の脳裏に甦った記憶は、養父がまだ生きていた十年前のとある日の出来事のようだったが、とても不可解だった。

あの二つの目はなんなのか。養父はなぜ、狂気に満ちた叫び声を上げていたのか。

思い出そうとすると頭が痛くなって、心拍数が跳ね上がる。まるで呪われた記憶が博己の脳の奥深くに封印されていて、触れれば恐ろしいことになると警告されてでもいるかのようだ。

でも一度思い出した記憶の断片は、もはやなかったことにはできないほどに、鮮明に頭にこびりついてしまっている。このままでは日常生活すらままならなくなるのではと、恐怖を覚えてしまうほどだったから、博己は十年前と同じように、医者にかかることにしたのだった。

Ｓｕｂはプレイ中の事故やＤｏｍからの不当な支配、あるいはＳｕｂドロップによって、記憶に混乱を覚えることがよくある。博己はカウンセリングや検査のため、数日入院することとなった。

『……博己さん、起きてますか？』

朝食と血圧検査、それに回診がすんだので、所在なくベッドに横たわっていたら、病室のドアのむこうから啓佑が声をかけてきた。その声にほっと安堵を覚えて、博己は答えた。

「起きてるよ。入ってくれ」

「はーい。……おはようございます、先輩。今朝は顔色がいいですね」

啓佑が病室に入ってきながら、明るい声で言う。本当にそう見えるのだとしたら、それは啓佑が、毎日面会に来てくれているからだろう。

身寄りのない博己にとって、今一番親しい人は、古くからの友人でプレイパートナーの啓佑だが、普通の病院ではこの時間に毎日面会を許可されるのは、家族だけだ。

でもダイナミクス専門のこの病院は、家族と同じくらいパートナーとの関係を大切にしてくれている。啓佑も博己を心配してくれているので、こうやって毎日来てくれるのだ。

啓佑が、部屋の隅に立てかけておいた折りたたみ椅子を持ってベッドの傍にやってきて、ひょいと腰かけて切り出す。

「……あの、先輩。朝っぱらからですけど、実は例の、陣野って男の正体がわかったんです。今、話しても？」

「うん、聞きたい」

うなずいて答えると、啓佑が声を潜めて言った。

「俺が仕事で使ってる信用調査会社に、裏社会の事情にも詳しいところがあって、調べてもらったんですけどね。あの男、いわゆる『堕とし屋』だったみたいです」

「おとしや？」

「人からの依頼でＳｕｂを堕として、従わせることを生業にしているＤｏｍです。日本じゃチンピラの類いですけど、海外だとハニトラ要員みたいな、その道のプロもいるって話ですよ」

啓佑が言って、深いため息をつく。

「たぶん、俺が大伯母様のお祝いパーティーに出席するのが気に食わない親族の誰かが、あの男を雇って俺に嫌がらせをしようと考えたんじゃないかと。列席者名簿の入力の記録を調べたら、アクセス権のある誰かがあとからねじ込んだらしくて」

「その誰かに心当たりは？」

「正直、ありすぎて絞れませんね」

そう言って啓佑が、肩をすくめる。そんな周りは敵だらけみたいな状況だったとは、さすがに思いもしなかった。

「でも、わざわざDomを雇って嫌がらせって……、じゃあ俺がSubだっていうのも、知られてたってことか？」

「ええ。おそらく俺の行動を逐一監視してたんでしょう。そのくらい想定しておくべきでしたが、甘く考えていました。あなたが連れ去りに遭いそうになったのは完全に俺の落ち度です。家のことに巻き込んでしまって、本当に申し訳ありません」

「いや、そんな。謝らないでくれよ。そんなの想定しないだろ普通！」

そう言ってみたものの、以前遭遇した上条家の人たちのギスギスした雰囲気を思い出すと、一般庶民の常識が通じないところがありそうにも思える。啓佑が苦笑気味に言う。

「上條家は何代も前からああなので、思い至らなかった俺のミスですよ。俺自身は家にもグループにもかかわる気はないって、もうずっと言ってるんですけどね。変なタイミングで帰ってきたから、野心があると思われたんでしょう」

「野心て……？」

「今、あの家のお目付け役は大伯母様なんですが、大病をされてから、この間みたいに調子を崩すことが多くて。なのに当主の叔父には家を統率する力がない。叔父にもその自覚があるから、早々に引退を考えているらしいんです。そうすると、どうなると思います？」

「えっ……。う、うーん、跡目争い、的な？」

「それです。今は先代の直系の叔父たちだけでなく、大伯母様の弟妹やその息子や娘までが、当主の座を狙ってるんです。弟の正輝も、本人はずっと医者を目指してるのに周りの思惑に巻き込まれてる。水面下で手を組んだり陥れたりして、みんな疑心暗鬼になっているんです。現代社会の話とはとても思えないですよね」

「……そうだな。なんか戦国時代とか、王侯貴族の話かなんかみたいだ」

パーティーの席で当主と美紀子がこそこそと話をしていたのも、もしかしたらその一端だったのかもしれない。

名家の後継問題なんて、確かに歴史かフィクションの中でしか知らない。普段から日本にいるわけではない啓佑が、あらゆる事態を想定しておくなんて無理な話だろう。

でも、そもそもどうして啓佑は、家やグループから距離を置いているのだろう。

啓佑にはアメリカで投資顧問会社を立ち上げて成功するほどのビジネスセンスがあるのだ。ある意味ほかの誰よりも、実務能力があるのではないかと思うのだが。

（やっぱり、Ｄｏｍだからか……？）

周りからの絶え間ない反発や嫌悪。明確な敵意。

Ｄｏｍだというだけで、啓佑はさんざん負の感情を向けられてきたのだろう。

たまたま帰国してパーティーに顔を見せただけでこんな嫌がらせをされるくらいだし、啓佑自身がとっくにうんざりしていても不思議はない。

それに――――。

『上條家に仕えていた使用人の一人をグレアのひとにらみで廃人にしたって話、一族で知らない奴はいないらしいぞ？』

『噂じゃうっかり学校の担任を病院送りにしちまって、あの男の死んだ親父があちこちコネを使って必死で揉み消したこともあったらしい』

陣野が言った言葉を頭から信じているわけでは、もちろんない。

だが子供の頃に何かトラブルや事故があって、そのせいで啓佑が親族から恐れられているというのは、ひょっとしたら本当のことなのかもしれない。大人になってからもそうなら、なおさら家とは距離を置きたくなるだろう。

啓佑はそういうことを誰かに話したりはせず、なんでも自分で決めて人生を切り開いてきたのだろうが、つらく苦しいこともあったはずだ。

そんな彼の内面を、もっと自分に見せてくれたら。

どうしても、そう思ってしまうけれど。

（……俺じゃ駄目なんだよな、きっと……）

啓佑にとって、博己は助けたり守ったりしたい存在ではあっても、対等なパートナーにはなりえない。だから啓佑は、博己に過去の話をしないのだろう。

それは至ってシンプルな現実だ。ＤｏｍとＳｕｂは補い合う関係だと言われて、博己はあんなにも嬉しかったのに、自分はその相手たりえないのだ。

わかっていても、やはり哀しい。

「まあ家のことは俺の問題なので、あまり気にしないでください。それより、博己さんの体調ですよ。よく思い出せない記憶のこと、何かわかりましたか？」

啓佑が気づかうように訊いてくる。博己は首を横に振って言った。

「何も。わかるのは、わけがわからなくて怖いってことだけだ。思い出せそうなのに思い出せない。何か強い力に記憶を封じられて、抑えつけられてるみたいな感じだ」

「強い、力？」

「でも、別にそれに抵抗したいわけでもないんだよ。そうやって抑えつけられてることに、俺は安らぎを覚えてもいる。奪われることで守られてるみたいな、そんな気分になるんだ。すごく怖いし不安なのに、俺は結局、どこまでもＳｕｂなんだよな」

いくらか自嘲するみたいに言って、啓佑を見つめる。

博己を見つめ返す啓佑の端整な顔に浮かぶのは、博己への思いやりと優しさだけだ。

だがそれゆえに啓佑は、博己が彼への想いを告げることを許さない。

博己が知る限り最も誠実で、だからこそ残酷なＤｏｍ。

いっそその善性をすべて捨てて、あの陣野のように悪辣に傲慢に支配してくれたらいいのに。啓佑なしではいられないほどに博己を責め尽くし、身も心も依存させてめちゃくちゃにしてくれればいいのに。

そんな思いすら抱いてしまいそうなほど、自分は啓佑に恋い焦がれている。

記憶の謎を恐れてはいるが、己が恋心もまた怖い。このままどんどん啓佑に惹かれていってしまったら、自分が自分でなくなってしまいそうで。

「……俺がついていますよ、先輩」

「啓佑……」

「あなたが今不安なのは、欲求を満たされていないせいもあるはずだ。プレイパートナーとして、そんな状態のあなたを放っておくわけにはいかないな」

啓佑が独りごちるように言って、こちらに身を乗り出してくる。

「口を開いて舌を出しなさい、博己」

「っ……！」

啓佑の低い声に、ビクリと背筋が震える。

入院中の病室で命令をしてくるなんてと、良識がかすかな抵抗を見せるが、Ｄｏｍの命令の前で、そんなものはなんの抑止にもならない。

息を揺らして舌を差し出すと、啓佑がそれを口唇で食み、きつく吸い立ててきた。

「ぁ、む……、ん、ふっ」

舌を絡められ、ガチリと歯を立てられて、ぐらぐらと脳髄が沸騰する。

すがるように啓佑の胸に手を置いたら、両手の指をきつく絡められてぐっとシーツに縫いつけられた。その手の温かさと力強さに、不安が押し流されていく。

（啓佑は、あの男とは、全然違う……）

パーティー会場で陣野についてこいと命令されたとき、博己は最初、抗うことができなかった。でもギリギリのところでなんとか命令に逆らうことができ、啓佑が来てくれたおかげで辛くも連れ去られずにすんだ。

あのとき陣野は博己の抵抗に驚いて、「堕とし屋」としてのプライドが刺激されてもいたのだろう。何か疑問を口にしかけていたが、こうして啓佑に命令を告げられ、触れられてみれば、博己には二人のＤｏｍの違いは言葉にするまでもないほど明らかだった。

啓佑は、博己を心から大事に思ってくれている。プレイパートナーとして最大限の敬意を払い、いつでも完璧な支配で博己を満たそうとしてくれている。

今してくれている「プレイ」はとてもささやかだけれど、触れ合う手からも口唇からも、確かにそれが伝わってくる。人としての温かさやぬくもりで、博己の存在そのものを丸ごと包んでくれているみたいだ。

啓佑への想いが叶わなくても、彼が素晴らしいＤｏｍで、大切な友人であることに変わりはない。たとえプレイパートナーを解消したとしても、ダイナミクス性を持つ一人の人間同士、互いに尊重し合うこの関係が失われることはないだろう。

啓佑と触れ合っているだけで、博己は素直にそう思えてくる。彼に焦がれて荒れ狂う心も静まり、泣きそうなほどの幸福感を覚えて――――。

「……この続きはお預けにしておきますね」

キスをほどいて、啓佑が告げる。

「退院したら、俺の部屋でたっぷりプレイをしましょう。いいですね、博己？」

「……はい……」

約束の言葉に、胸が甘くしびれる。慈しむようにこちらを見つめる啓佑の漆黒の目を、博己はうっとりと見つめていた。

「御厨さん、どうぞお入りください」

「はい。失礼します」

病院に入院して三日目。検査と問診の結果を聞くため、博己は担当医の診察室を訪れた。

博己に目の前の椅子に腰かけるよううながして、担当医が話し始める。

「ええと、まずは頭痛についてですが、脳波にも画像にも特に問題はありませんでした。記憶のフラッシュバックと一緒に起こるとのことなので、緊張型の頭痛の可能性が高いです。心因性のものでしょう」

「心因性、ですか」

「記憶のほうはどうです、何か新しく思い出しましたか？」

「いえ、特には」

「そうですか。ではやはり二つの目と、混乱された様子のお養父様だけが、記憶の手がかりということですね」

担当医が言って、思案げな顔をする。

「ときに、御厨さん。十年前、まあ十代なので当然でしょうが、あなたにはＤｏｍの契約パートナーはいなかったのですよね？」

「はい、もちろんです」

「ではお養父様のほかに、身近にＤｏｍはいましたか？　親戚とか、親しい人とかで？」

「さあ、そうですね……。学校の友人で、あとからそうだとわかった人はいましたが、その当時からＤｏｍだと知っている人はいませんでした」

「お養父様のお知り合いなどはどうです？」

「わかりません。養父は家に知り合いを呼んだりする人ではなかったので、交友関係もほとんど知らないんです」

「なるほど、そうですか」

担当医がうなずく。

「これは、ダイナミクス専門医としての所感なのですが、御厨さんの記憶にある燃えるような二つの目、これはおそらく、Ｄｏｍのグレアなのではないかと思います」

「Ｄｏｍの、グレア……？」

「記憶の断片を思い出したのは、ご友人のグレアを見たのがきっかけだとおっしゃっていたので、おそらく。Ｓｕｂがグレアによって記憶に混乱をきたしたり、逆に何か想起させられるのは、よくあることなのです。十年前、お宅にお養父様とあなたのほかに、誰か別のＤｏｍが一人存在していたと考えれば、あなたの断片的な記憶の内容についても説明がつきます」

（……誰か別の、Ｄｏｍ……？）

そんな記憶は一切なかったが、確かにあの実体のない二つの恐ろしい目が、誰か別のＤｏｍのものだとすれば、養父が恐怖におののいていたこととの辻褄(つじつま)も合う。

でも当時Ｄｏｍの知り合いはいなかったし、家に人を呼んだ覚えもない。

一歩家を出れば児童文学作家として多くの人に慕われていた養父が、誰かほかのＤｏｍにグレアを向けられて恐怖におののくような事態とは、いったい……？

「ともあれ、今回の入院で、身体的には特に問題がないことがわかりました。しばらくはご自宅で静養してもらって、今後は通院で様子を見ていくことにしましょう」

担当医がそう言って、小さくうなずく。

「それでは明日、退院ということで」

「あ、はい。……ありがとうございました」

博己は礼を言って、診察室を出た。

『……誰か別のＤｏｍがいた可能性、ですか』

「うん、そう言われた。なんかミステリー小説みたいだよな？　俺としては心当たりもないし、半信半疑なんだけど」

そのまま病室に戻るのもなんとなくつまらないなと思ったので、博己は病院の建物の外に出て、敷地内の庭を散策しながら啓佑と電話で話していた。

「俺、Ｄｏｍのグレアってほとんど浴びたことないんだよ。養父は言葉で責めてくるタイプだったから、この間おまえが陣野をにらみつけたときくらいしか、見たことがなくて」

博己は言って、目を閉じた。

「でも、十年前の記憶の中のあの目は、確かにＤｏｍのグレアだったのかもしれない。よく思い出そうとすると……、うう、やっぱり、頭が痛いな」

『無理しちゃ駄目です、博己さん。せっかく明日退院なのに、また具合が悪くなっちゃいますよ？』

啓佑が心配そうに言って、それからふと思いついたみたいに言う。

『そうだ、博己先輩。退院しても、しばらく静養するんでしょう？　よかったら、俺のところに来ませんか？』

「えっ。それって……、いつもの部屋にってこと？」

『ええ。あなたを一人にしとくのが心配なんです。うちならセキュリティーもしっかりしてるし、安全にあなたを保護できますし。あの部屋、なんだかんだけっこう気に入ってるから、しばらく解約するつもりもないんで。いかがです？』

「それは……、とても、ありがたい話だけど」

『けど？　何か、問題でも？』

「いや、そのっ……」

啓佑に好きだと伝えられなくても、傍に置いてくれるならやはり嬉しく、本音を言えば何も考えずその提案に飛びつきたい。

でも啓佑は、博己の気持ちに気づいていながら、その想いを告げさせてくれなかったのだ。なのにそんな気軽な口調で自分のところに来いなんて言われたら、啓佑への気持ちを諦めきれなくなってしまう。どうしようかと迷っていると、啓佑がおもむろに切り出した。

『……博己さん、俺ね。実はあなたに、話したいこと……、いや、話さなきゃいけないことが、あるんです』

「え、何を？」

『ここではちょっと……。でも、とても重要な話です。それで、あなたがどう思うかを知りたい。この先を考えるなら、もうそこを誤魔化すわけにはいかないんですよ、俺は』

「……啓佑……？」

いつになく真剣な口調で、啓佑がそんなことを言うので、何やら胸騒ぎがする。

啓佑の口ぶりからは、それがいい話であるようには思えない。もしや陣野が言っていた過去の出来事についてだろうか。そうでなくても、何か致命的で取り返しがつかないこと、二人の関係を壊しかねない秘密か何かを、彼が打ち明けようとしている気がして……。

『とにかく、明日は病院まで車で迎えに行きますから。そのまま一緒に、うちに来て？』

「……わかった。けど、一度家に寄ってもらってもいいか？　服とか持っていきたいし」

『お安いご用です。じゃあ、また明日』

「うん。じゃあな」

なんとなく不安な気持ちになりつつも、通話を切る。

話したいことではなく、話さなければいけないこと。誤魔化すわけにはいかないこと。

それはいったいなんなのか。啓佑があんなふうに言うのだから、よほどの話なのだろう。

なんだか聞くのが怖い気もするけれど、それがどんなことであれ、啓佑は真剣そのものだった。こちらも心して聴かなければと感じる。

でもとりあえず、今それを考えていても仕方がない。明日には退院なのだから、その用意もしなければ。博己はそう思い、病室に戻ろうと踵を返して庭の遊歩道を歩き出した。

すると庭の入り口に、若い男性が一人立っていて、こちらを見ているのに気づいた。

年の頃は二十歳前後の、冷めた目をした青年。その顔に見覚えがあったので、驚いて思わずあっと声を出すと、若い男性が意外そうな顔をして言った。

「……あれ？　あなたもしかして、俺のことを知ってるんですか？」

「正輝君、だろ？　上條啓佑の弟の。この前、東京駅の傍で彼と話してるのを見かけた」

「兄さんと……？　ああ、母さんに連れていかれた会食のときか。ふうん。やっぱりS

ｕｂの人って、他人のことをよく見てるんですね」

そう言う正輝の声に、冷たい棘のようなものを感じたから、ヒヤリとする。

彼とここで、偶然再会したとは考えづらい。博己が何者か知っていて、あえて接触してきたのだろうか。黙って出方を見ていると、正輝がゆっくりとこちらに近づいてきて、探るみたいに訊いてきた。

「御厨、博己さんですよね。兄さんの一つ年上で、パートナーの。あの港区のダイナミクス向けマンションで逢って、プレイ三昧の生活を送ってるんですか？」

「っ！」

「驚かなくてもいいでしょう？　あなただって俺のことを知ってたんだし。兄さん、俺や母や上條家の親族のこと、なんて言ってました？」

ごく親しげで、さりげない口調だが、こちらを見つめるその目には、何かほの暗い感情が見え隠れしている。猜疑心と不信感。嫌悪や憎しみもあるのかもしれない。

でも、彼が啓佑にどんな感情を抱いていようと、それは博己には関係のないことだ。博己はふっと一呼吸して、落ち着いて答えた。

「別に、なんとも。きみのことも、医学生だってことくらいしか」

「ふうん、そうですか。まあでも、それも兄さんらしいな」

どこか忌々しげな声で、正輝が言う。

「あの人はいつだって飄々としてて、周りなんて歯牙にもかけない。自分のパートナーにくらい、本心を言ったらいいのに」

啓佑の本心とはなんだろう。

少なくとも博己には、啓佑が正輝に対して悪い感情を持っているようには思えなかった。それはむしろ正輝のほうで、Ｄｏｍである啓佑に過剰なほどの敵意を抱いているのが、ひしひしと伝わってくる。そしてそれは、おそらくＳｕｂの博己にも向けられている。

この青年は、ダイナミクスに何か恨みでもあるのだろうか。

(これ以上、話していたくないな)

わざわざ声をかけてきた理由はわからないが、それが啓佑に対して何かプラスになることだとは思えない。もちろん博己にとってもそうだ。そっけない口調で、博己は言った。

「それはたぶん、啓佑が俺のことを、プライベートな話をする相手だとは思ってないからじゃないかな」

「……は？　でもあなた、兄さんのパートナーなんでしょう？」

「パートナーはパートナーでも、俺はプレイパートナーだから。契約パートナーじゃなくて、プレイだけの相手だ。Ｎｏｒｍａｌでいうところの、ただのセフレだよ」

割り切ったつもりで言ってみたが、口に出してみるとちょっと切ない。

だがそれが啓佑と博己の関係だ。博己は諭すみたいに続けた。

「もしかしてきみは、俺と話して啓佑の本心てやつを探ろうとしてるのかな？　だったら時間の無駄だよ。体だけの相手に、自分の家や家族のことを必要以上に話したりはしないだろ、普通？」

博己の言葉に、正輝が少し考えるように目を細める。それから博己をねめつけ、嘲るみたいな笑みを見せて言う。

「なるほど、それはそうかもしれないですね。本当に、プレイだけの関係ならね？」

「本当に、って……。俺は別に、嘘なんて……」

「じゃあ、確かめてみましょうか。お願いします、陣野さん」

「なっ？」

正輝が博己の肩越しに背後に目線を向けて言ったので、慌てて振り返ると、そこには陣野がゆらりと立っていた。博己の目を覗き込んで、陣野が低く告げる。

「『ひざまずけ』」

「くっ……！」

Ｄｏｍの全力のコマンドに、膝から崩れ落ちそうになる。

だがこの男に屈することは、おそらく啓佑を敵視している者たちを利することになる。

もう絶対にこの男には屈したくない。博己はぐっと拳を握り、震える声で言った。

「こと、わるっ」

「……おお？　やっぱり俺に抵抗するのか？」

「俺は、ひざまずかないっ……、おまえには、支配されないっ！」

Ｓｕｂの本能に逆らうのは苦しいことだが、どうにかそう言って陣野をにらみ返す。

すると正輝が、フンと鼻を鳴らして言った。

「なぁんだ。やっぱりあなた、兄さんのものなんじゃないか。母さんがにらんだとおりだ」

「な、に？」

「まったくしらじらしい。陣野さん、もういいからやっちゃってください」

「……っ？　うあっ……！」

陣野が博己の腕をつかみ、背中でひねり上げて背後を取る。逃れようともがく間もなく、鼻と口をハンカチのようなもので覆われ、身動きを封じられた。

正輝が汚らわしいものでも見るような目をして言う。

「まったく、何が契約パートナーだ。あんなもの、ただの共依存じゃないか！」

「う、うっ……？」

「そんなもののせいで、母さんは父さんに最後まで籍を入れてもらえなかった。あんな不名誉、俺は息子として絶対に許せないんだ。兄さんがこの先も母さんと俺の人生を踏みにじろうとしてるなら、断固戦うまでだよ。どんな手を使ってもね」

憎しみのこもった声で、正輝が言う。むき出しの怒りに驚くが、もしや正輝が言っていることは、以前啓佑が言葉を濁した、二人が異母兄弟であることと関係があるのだろうか。

だが啓佑は、もう家にもグループにもかかわらないと言っていた。弟の正輝やその母親の人生を踏みにじろうなんて、万に一つも考えているわけがない。

そう言って啓佑をかばいたかったけれど、ハンカチに何か薬品でも仕込まれていたのか、徐々に意識がもうろうとしてくる。コマンドには気力で抵抗できたが、薬物の作用に抗うことまではできない。

体からむなしく力が抜けていくのを感じていると、正輝が嫌な笑みを見せて言った。

「あの人は本当に恐ろしい化け物なんだよ、御厨さん。俺は昔、大好きだった使用人を再起不能にされたんだ。学校の担任を病院送りにしたこともあるらしいよ？」

「っ……」

「まあでも、あなたも兄さんの被害者なんですよね？　ダイナミクスなんて気持ち悪いけど、そこは同情するよ。あなたのお養父さん、兄さんに殺されたのかもしれないんでしょう？」

「……ッ？」

耳を疑う言葉の意味を、今すぐ問いただしたかったが、もう意識を保っているのが限界だった。暗い奈落に落ちるように、博己は気絶していた。

ダイナミクス同士の契約パートナーは、婚姻のように国から法的に保障される関係ではないが、ある意味それよりももっと親密な、生物個体同士の結びつきといえるだろう。

互いを生涯の相手と決め、Ｄｏｍから送られた絆のしるしをＳｕｂが身につけることで、自分たちにとってはもちろん、対外的にも、正式なパートナーであることを宣言する。

二人とも精神的な安定を得られるため、Ｄｏｍの支配欲が過剰になることがなくなり、その旺盛な精気を社会活動の充実へと向けられる。Ｓｕｂもドロップしづらくなって、パートナー以外のＤｏｍからの理不尽なコマンドにも抵抗することができるようになるのだ。

だが博己と啓佑は、正式なパートナー契約を結んではいない。博己が一方的に啓佑を好きになってしまっただけだ。啓佑のほうはあくまでプレイだけの相手としてこちらを見ているわけで、博己は彼のものでもなんでもないのだ。だから本来なら、堕とし屋などという玄人のＤｏｍが発したコマンドを、博己に拒めるはずはなかった。

なのに博己には、それができた。一度目はホテルの駐車場、そして二度目は病院の庭。

どちらも、博己は一人でＤｏｍと向き合っていた。契約パートナーのいないＳｕｂが、誰の助けもなしに力の強いＤｏｍに逆らうのは、ひどく困難なことであるはずなのに
――。

『ライブカメラの位置はここで？』

『いいんじゃないですか？　体全体が映るほうが迫力あるし』

「ン、ん……？」

陣野と正輝が何か相談し合っている声が、しびれた頭に響いてくる。まだ薬品が効いているのか目を開ける気力がなく、体に力も入らない。

でも口に猿ぐつわを噛まされていることと、服を脱がされて体を拘束され、手首を背中でがっちり固定されて床に転がされているのはわかる。

どうやら二人に捕らえられ、病院からどこかに連れ去られたみたいだ。

（……養父さんが啓佑に殺されたって、どういう、ことなんだ……？）

気を失う直前、正輝が話していたことを思い出して頭が混乱する。

どうして養父の死に啓佑がかかわってくるのか、博己には見当もつかない。

養父が死んだとき、家に誰か別のＤｏｍがいたかもしれないと医師に指摘されたが、あの当時啓佑を家に呼んだことはなかったし、彼は住所さえも知らなかったはずだ。

謎のＤｏｍが啓佑であった可能性など、皆無だというのに。

『よし、と。じゃあ吊り上げるか』

「……っ、うぅっ、う……！」

いきなり体を無理やり起こされ、そのままふわりと浮かされて、腕と上体がみっしりと締めつけられた。驚いて目を開けると。

「……！」

そこは天井が高くていくらか埃っぽい、倉庫のような場所だった。

博己はボクサーパンツ一枚で上半身を縄できつく縛り上げられ、高い梁から垂れた太いロープで吊られていた。体にはライトが当てられ、正面に置かれた三脚の上にはカメラが取りつけられている。その後ろには正輝と陣野が立って、カメラの背面のモニター画面を覗き込んでいる様子だ。正輝がこちらに目を向けて言う。

「お目覚めですか。気分はどうです？」

「っ！　ぅくっ……！」

「暴れると苦しくなるぜ？　いい子にしてろ、御厨博己」

陣野が言って、目元を大きく覆うバイザーのようなものをかぶり、耳にはヘッドセットを装着する。手に持っているのが一本鞭であることに気づいて、冷や汗が出てくる。

いったい何が行われようとしているのだろう。

「兄さんにね、罪の告白をしてもらおうと思ってるんだ。直接ここで対面でってなると、こっちも身の危険があるから、リモートはどうかなって、母さんが」

正輝が楽しげに言う。

「兄さんは本当に恐ろしいＤｏｍでね。逆上したら人を殺しかねない怪物なんだ。由緒ある上條一族の長にはふさわしくない。この機会に、みんなにちゃんとそれをわかってもらわなくちゃならないからね」

「っ……」

「ま、そういうこった。あんたはそのためのエサだよ。とりあえずアンアン啼いてりゃそれでいい。なるべく煽情的に頼むぜ？　せっかくプレイをするんだからな！」

そう言って陣野がこちらに近づき、鞭を振り上げる。

身がまえる隙もなく、一本鞭が博己の体を打つ。

「うっ！　ふ、ううっ、う！」

ヒュン、と空気を切り裂く音とともに、体を繰り返し責め苛まれ、呼吸が止まりそうなほどの痛苦に喉奥で悲鳴を上げる。

一本鞭は痛みの強い責め具だ。猿ぐつわをされているからまともに声も出せないが、鞭が腹回りや腰、足にぴしゃぴしゃと絡みつくたび、そこから先の肉体を切り落とされたみたいな痛みが走る。少しでも逃れようと身をよじるけれど、動くたび上体に縄が食い込み、腕もしびれたようになってくる。

脳裏には虐待の記憶が呼び覚まされ、徐々に息が浅くなり始めた。

『おまえは悪い子だ、博己。この痛みをよおく覚えておきなさい』

『いい子になれないなら、このまま死ぬまで打ち据えるしかないね。躾は養父たる私の責任だ。おまえの命は、この私が握っているのだよ?』

(い、やだ……、嫌、だっ……!)

養父に立てなくなるまで鞭打たれたときの記憶が甦って、恐怖で背中に冷たい汗が噴き出す。吊られた体はぶるぶると震え、視界が白くぼやけてくる。今にも半狂乱になって、暴れ出してしまいそうだ。

こんなのは、とてもプレイとは呼べない。お仕置きですらない。ただの一方的な暴力だ。そう言いたくても言えなかったあの頃の無力感を思い出し、意識がどんよりと濁る。

「……よし、つながった。兄さんの音声を回すからあとはよろしく、陣野さん」

正輝が手元の何かの機材をいじってそう告げ、カメラのむこうに積まれた木箱の上に腰を下ろし、くつろいでこちらを眺める。陣野が鞭を振るう手を止めて、ヘッドセットのマイクに向かって言う。

「よお、ちゃんと見えてるか、上條啓佑?」

『……っ! 博己さんっ? おまえっ、博己さんになんてことをっ』

スピーカーのようなものから、啓佑の切迫した声が聞こえてくる。

ときおり聞こえるびゅう、という音は、風だろうか。

どうやら啓佑は、どこか遠くの屋外でカメラの映像を見せられているようだ。頭を起こしてレンズに顔を向けたら、陣野がこれ見よがしにまた鞭を振るってきた。

苦痛と恐怖に顔を歪めると、啓佑が小さくうなって言った。

『おい、博己さんにウィッピングはやめろっ』

「何言ってる。こんなのは序の口だろうが」

『本気で怯えているのがわからないのかっ！』

「そうかぁ？　ここはこんなに悦んでいるぜ？」

陣野がせせら笑うように言って、硬くなった博己の乳首を指先でひねり上げる。

だが博己は少しも悦んでなどいない。博己のそこは、ただ痛みと恐れとでそうなっているだけだ。震えながら首を横に振ると、陣野が鞭の柄で博己の顎を押して顔を上げさせてきた。

「なあおい、あんたは二度も俺を拒んだんだ。契約相手がいるＳｕｂだとはいえ、俺もプロだからな。三度目はねえ」

博己の乳首にキリキリと爪を立てながら、陣野が言う。

「強情なＳｕｂを堕とすには、苦痛と快楽の二つのやり方がある。苦痛が苦手だってんなら……、こっちにしとくかぁ？」

「んっ、ううっ、ふう、うっ！」

乳首をいじっていた陣野の手が股間に伸び、ボクサーパンツの上から局部をまさぐってきたから、今度は気持ちの悪さで眉を顰めた。

陣野や正輝には完全にそうだと見なされているが、啓佑と博己は、正式なパートナー契約を交わしてはいない。

でもこうやって別のＤｏｍに触れられてみると、博己にははっきりとその違いがわかる。陣野にいたぶられるのは恐怖でしかなく、体に触れられるのはただただ不快で、感じる場所をいじられているのに、嘔吐感すらこみ上げてくる。

このＤｏｍの支配なんて、啓佑のそれには到底及ばない。セーフワードが決められていたなら全力で叫んでいるのに、そうできないことが悔しくてたまらない。

（俺は啓佑が、いいんだ。啓佑じゃなきゃ、駄目なんだっ……）

どうして、いつの間に、自分はそうなっていたのだろう。混乱しながらも、必死で記憶をたぐっている博己の耳に、啓佑のこわばった声が聞こえてくる。

『……何が望みだ。博己さんをこんなふうにして、俺に何をさせたい？』

「お？　さすが、話が早いなぁ」

『答えろっ。何が目的だ！　いったい誰がおまえを雇った！』

「はは、さすがに雇い主は言えねえよ。だがあんたがすべきことは一つ。罪の告白だ」

『罪？』

「そうさ。Ｄｏｍとして犯したあんたの罪を、ここで自分からこのＳｕｂと親族に告白する。それが今あんたのすべきことだ」

(啓佑の罪の、告白……?)

それは正輝が言っていた、使用人や担任の話だろうか。

あるいはもしかしたら、博己の養父の死にかかわること……?

『よく、わからないな。どうして今さら、そんな話を聞きたがるんだ?』

啓佑が当惑したみたいに言う。

『子供の頃の話なら、親族ならみんな知ってることだ。博己さんにも、退院したら話すつもりだったし』

「それをここで改めて話させろってのが、雇い主からの依頼だよ。減るもんじゃなし、このSubには今聞かせてやれよ。俺のものになる前によ?」

「うっ、く」

陣野に体を抱き寄せられ、肩から首筋のあたりを舌でいやらしく舐られ、吐き気を覚える。この男のものになんて絶対になりたくないが、それに抵抗するしない以前に、ずっと触れられていたら体調が悪くなってしまいそうだ。

(俺にもっと力があれば、こんなことには……!)

正輝と陣野が啓佑にさせようとしていることで、彼が何か不利益を被るなら、こんなふうに捕らわれてしまった自分のせいでもある。なんとかしてこの状況から逃れたいが、いったいどうしたらいいのか。

『わかったよ。俺は別にかまわない。罪の告白とやらをするよ。最初はなんだ？　正輝の遊び相手の使用人に、グレアを浴びせたことか？』

啓佑が言って、ため息をつく。

『七歳のときだ。使用人が俺の母を侮辱したから、俺は怒って彼をにらみつけて、膝をついて謝れと叫んだ。彼は悲鳴を上げて土下座して、それからはずっと、ぶつぶつと謝罪の言葉だけを繰り返すようになった。俺はそのときに、自分が人並み外れた強力なグレアを持ったＤｏｍなんだってことを、知ったんだ』

「人並み外れた強力なグレア、か。確かに七歳にしちゃ、恐ろしいほどの眼力だ。で、そいつはどうなったんだ？」

『どこかの療養所に入所したとは聞いた。けど、今どうしているのかはわからない。当時当主だったお爺様が、事実を徹底的に隠ぺいしたからな』

啓佑が言って、淡々と続ける。

『次は小五のときか。当時の担任が、俺の同級生の一人がＳｕｂであることをアウティングしようとした。抗議したら生意気だと殴られたから、あんたみたいな奴が教師だなんて俺は認めない、二度と学校に来るなと言った。担任は学校に来られなくなり、のちに心を病んで病院送りになった』

そう言って啓佑が、言葉を切る。それからもう一つため息をついて、続けて話す。

『子供の頃のこととはいえ、あれはＤｏｍの力の乱用だ。正しいことをしたとは思っていないし、確かに俺の罪だと思ってるよ』

（啓佑……）

そんな出来事があったなんて、なんだか胸が痛む。子供のダイナミクスは抑制剤で欲求のコントロールがされているが、その能力のすべてを薬で抑えることはできないのだろう。特別な力を持った強いＤｏｍなら、なおさら難しいに違いない。

結果啓佑は、その出来事以降ずっと親族から恐れられてきたのかもしれない。ちらりと正輝を見ると、彼は冷たい目をして話を聞いていた。そうして陣野に顎をしゃくって、何かうながす。陣野が啓佑に訊ねる。

「それで？　もう一つの話はどうした？」

『もう一つって？』

「しらばっくれるなよ。なんのためにこいつを連れてきたと思ってる？」

陣野が博己の髪を手でつかみ、カメラ越しに啓佑に顔を見せつけるように、ぐっと頭をそらせて言う。

「教えてやれよ、こいつの養父とやらが死んだときのことを。子供の頃の話じゃねえんだ。それこそ、一番の罪だろうが？」

陣野の言葉に、啓佑が黙り込む。ややあって低く乾いた声で、啓佑が言った。

『……あー、そうか。やっとわかったよ。おまえを雇ったの、美紀子さんと正輝だな？』

「何っ……？」

『十年前のあのときのことを少しでも知っている可能性があって、しつこく調べ続けられるだけの執念深さを持ってるの、あの二人くらいだからね。今、二人ともそこにいるのかな？　それともおまえだけ？』

いつもの軽い口調だが、啓佑の声にはどこかすごみがある。

陣野が焦って正輝のほうに視線を向けると、正輝が渋い顔をして手でバツじるしを作った。

するとスピーカーから、啓佑がクスリと笑ったのが聞こえてきた。

『ああ、違うか。美紀子さんは今、上條の屋敷にいるな。大伯母様を囲んでお茶会中のはず。じゃあ、そこにいるのは正輝、おまえだな？』

いきなりそう言い当てられて、正輝の顔が見る見る青くなる。カメラか通話のシステムか、どちらかを止めようと焦っている様子の正輝に、啓佑が最後通告をするみたいに言う。

『おまえは悪い子だ、正輝。今からそこに行く。逃げるなよ？』

通話の接続がブツリと切れる音がして、倉庫の中がシンとなる。正輝がわなわなと口唇を震わせて言う。

「……くっ、そ！　なんでバレたんだ！」

「落ち着きな、坊ちゃん。今からここに来るなんて、ハッタリに決まってるだろ?」

「兄さんはハッタリなんて言わない。来ると言ったら来るんだよ! どうやってか知らないけど、きっとここを突き止めたんだ!」

正輝が取り乱した様子で言って、それでもどうにか落ち着こうとするように続ける。

「でもさっきの会話は録音してある。こっちの声はボイスチェンジャーを通していたし、とりあえず母さんに届けたら、もうあとはむこうで勝手にやってもらおう。今はとにかく、急いで逃げないと!」

「こいつはどうするんだ?」

「俺には連れてく時間も手段もない。用済みになったらあんたの好きにしたらいいって、母さんに言われてるだろっ?」

正輝が言い捨てて、機材を片づけ始める。やれやれと肩をすくめて、陣野が言う。

「じゃあ、そうさせてもらうか。あの野郎が本当にここに来るとは思えねえし、こいつを快楽堕ちさせてやらなきゃ、俺のプライドが許さねえからなあ」

「うう、くっ」

吊られた体を抱き寄せられ、体をいやらしくまさぐられて、嫌悪で胃がむかむかしてくる。支配されることはSubの本能でも、このDomにいたぶられ、犯されるなんて嫌だ。

心の底から拒絶したいのに、博己にはそうすることは叶わず、行為を止めさせるためのセーフワードすらも持っていない。このまま凌辱され、この男に「堕とされる」のだとしたら、博己にはもはや絶望しか――――。

(……え……)

不意に強い既視感に襲われたので、博己は目を見開いた。

これと同じような経験を、博己はしたことがある。

でもそれがいつで、誰が相手だったのか、まるで消し去られたかのように記憶がない。

こんな目に遭ったら深く傷ついて、忘れたくても忘れられなくなるはずなのに、どうして……?

「……待って。外になんか近づいてきてないっ?」

「っ?　車かっ?」

正輝と陣野が慌てた声を出したと思ったら、突然倉庫の入り口のほうからドーンと大きな音がして、ドアを弾き飛ばしながら一台の車が突っ込んできた。

車はそのまま、もうもうと埃を立ててこちらに近づいてきて、激しくタイヤをきしませて止まった。運転席のドアがバンと勢いよく開いて、中から出てきたのは……。

「に、兄、さんっ……」

「博己さんっ!　……おまえらぁっ……!」

三脚からカメラを外そうとしていた正輝が、啓佑の怒声に腰が抜けたみたいに尻もちをつく。陣野もうろたえた声で言う。

「おいおい、嘘だろっ！　本当に、来やがっ……、う、あぁ……！」

「……！」

啓佑がこちらに目を向けた瞬間、陣野の体がビクリと硬直した。啓佑の目が、まるで燃えてでもいるみたいに真っ赤に見えたから、博己も身動きがとれなくなる。

脳髄を焼かれそうなほどの鮮烈なグレア。

この間見たのよりもさらに激しく、まるでこの世のすべてを焼き尽くす劫火（こうか）のようだ。

これを見るのは初めてではない。博己はそれを、十年前に自宅で見ている。

そのことを思い出した瞬間、博己の脳裏にあの日の記憶がまざまざと甦ってきた。

当時は養父のものだった自宅の一軒家の、二階にある自室。

博己は衣服を無残に引きむかれ、半裸で床の上に組み敷かれていた。

怯える博己の体の上には、邪な欲望でギラついた目をした養父が覆いかぶさっていて
――――。

『汚い手でその人に触るなっ。博己さんから、離れろ！』

「……！」

あのときなのか今なのか、一瞬わからなくなるほどよく似た言葉が、遠くから耳に届く。

養父の肩越しに、博己は燃えるような目をした啓佑を見た。怪訝な顔つきで振り返った

養父が、そのグレアをまともに浴びて弾かれたみたいに身を離す。

だが啓佑の恐ろしい二つの目は、そのまま養父を捉え続け、やがてその精神を蝕み始める。養父は恐怖におののき、狂気じみた叫び声を上げ出して……。

（……あれは、啓佑だったんだ……。啓佑は、俺を助けてくれたんだ……！）

十七歳のあの日。博己は家で、養父に襲われそうになっていた。

啓佑が来てくれなかったら、博己は養父にレイプされ、どこまでも支配し尽くされて、そのまま身も心も壊されていたかもしれない。

十年ぶりにことの真相を思い出し、ウッと胃液を吐きそうになる。どうしても思い出せなかった記憶のピースがかちりとはまったら、養父の転落の理由も見えてきた。

啓佑はあそこで、養父に一つの致命的な言葉を投げつけたのだ。

それは――――。

「……兄さん、もうやめてっ！　もう十分だろっ！　兄さんは強いＤｏｍだって、もうわかったから！」

正輝の泣きの入った声に、はっと現実に引き戻される。

博己はいつの間にか縄を解かれ、猿ぐつわも外されて、ぐったりと壁に寄りかかって座っていた。体にかけられているのは、啓佑の上着だ。

何が起きているのだろうとうろうろと目を動かすと、壁際に仁王立ちになっている啓佑の足に、正輝が取りすがって泣いているのが見えた。

啓佑は手に鉄パイプのようなものを持っていて、足元に転がる打ち捨てられたぼろ布みたいなものを執拗に殴りつけている。

どうやらそれは、陣野のようだ。正輝がすすり泣きながら、もう一度言う。

「お願いだから、もうやめてくれっ。この人、死んじゃうよっ……、いくら兄さんだって、そんなのは嫌なんだよっ……」

苛烈な暴力を振るう啓佑への恐怖に震えながらも、正輝の言葉は必死だ。

博己の養父の死に啓佑がかかわっているかもしれないことを、彼はここで暴こうとしていたようだが、まさか目の前でこんなことになるとは思ってもみなかったのだろう。

正輝の気持ちが届いたのか、やがて啓佑がカラン、と音を立てて鉄パイプを投げ捨てた。

だが空いたその手で陣野の髪をつかんで立たせ、壁に頭を押しつけて、もう片方の手で喉をぐっと締め上げ始めたから、正輝が絶望的な声を出す。博己は慌てて叫んだ。

「啓佑、駄目だっ！　もうやめろっ！」

博己の声にも、啓佑は反応しない。まるで何も聞こえていないみたいだ。

もしやディフェンス状態に陥っているのだろうか。

(やっぱり俺たちは、契約を結んだパートナー同士なのかっ？)

Ｄｏｍが極端に攻撃的な状態になる「ディフェンス」。

それは通常、ＤｏｍがSubを守るためにのＳｕｂを守るために発動するものだ。我を忘れたＤｏｍは凶暴で、敵と見定めた相手に対する攻撃には容赦がない。

このままでは、啓佑は本当に陣野を殺してしまうかもしれない。

（俺が、止めなきゃっ……）

契約を交わした覚えがなくても、二人が深い絆で結ばれていることは、もう疑いようがなかった。だとしたら今の啓佑を止められるのはおそらく自分だけだ。博己はよろよろと立ち上がり、啓佑のほうに近づいた。

「啓佑、やめろ！　そんな奴殺したってなんにもならない。ダイナミクスを忌み嫌う人たちを、喜ばせるだけだぞ！」

博己の言葉に、正輝が怯えた顔をこちらに向ける。

彼こそダイナミクスを蔑み、嫌っている態度を隠さなかったが、その感情の元も結局は恐怖だったのだろう。得体の知れない欲望を持ち、ときに苛烈な暴力をためらいなく振るうＤｏｍへの。そしてそのＤｏｍの足元にひざまずいて、絶対的な支配を乞うＳｕｂへの。

けれど博己には、そんなことはもうどうでもよかった。誰がどう思おうと揺るぎない想いが、自分の中には確かにあるのだから。

「俺はおまえが好きだよ、啓佑！　俺の身も、心も、いつの間にかおまえのものになっていた。だからどうか、その信頼を失わせないでくれ。これからもずっと、おまえのＳｕｂ

でいさせてくれよっ」
博己は言って、啓佑の腕に手をかけ、陣野から引きはがそうと試みた。
だが啓佑は微動だにしない。端整な顔には表情がなく、瞳孔が開いたみたいになってい
て、陣野が苦しげに身悶えてうめいても、その目には何も映っていないみたいだ。博己は
啓佑の体にしがみついて叫んだ。
「もうやめろって言ってるだろっ！　十年前のあのときだって、おまえはただ俺を助けよ
うとしてくれただけだろっ？　おまえは本当は、こんな奴じゃないのにっ……、Ｄｏｍの
矜持はどうしたんだよっ！」
ようやく思い出した過去の話を告げても、啓佑は応えない。博己は焦れて、啓佑の体を
拳でどんどんと叩いた。
「こんなに夢中にさせたくせに、今さらがっかりさせないでくれよっ！　俺が支配された
いのはおまえだけなんだっ！　なのにこんなっ、もうっ、このっ……、ヘタクソッ！」
言うに事欠いて、思わずセーフワードを叫んでしまったその瞬間。
啓佑がビクンと身を震わせて、陣野を押さえつけている手を引っ込めた。床に崩れ落ち
てゴホゴホと咳き込む陣野を驚いたように眺め、それから目を丸くしてこちらを見る。
「博己さん……、あなた、俺に夢中なんですか？」
いつもの啓佑の、屈託のない口調。

セーフワードがきいたのか、なんとかディフェンス状態から脱したみたいだ。

心底ほっとしつつも、今はそれどころではないと思い、博己は言った。

「おまえっ！　もっと気にしなきゃいけないことがあるだろ！　おい、大丈夫かっ？」

陣野の様子を見ようとしゃがみ込むと、陣野は咳き込みながらも軽く手を上げてうなずいた。正輝がああ、と安心したみたいな声を出してへたり込む。Ｄｏｍは比較的丈夫だから、殴られた傷はおそらく打撲程度ですんでいるのではないかと思うのだが――。

(正輝君は、ほんとにこんなことがしたかったのか？)

傍らで泣きじゃくり始めた正輝を見て、博己の胸に疑念が浮かぶ。

陣野を雇って啓佑を陥れようと仕組んだのは母親の美紀子で、正輝はただそれを手伝っただけなのではないか。正輝の様子から、博己はそう感じ取った。

啓佑と美紀子母子の確執の内容は、正輝本人が言ったことくらいしか知らないが、正輝はおそらく、子供の頃から美紀子に恨みつらみを聞かされ、啓佑への敵意を植えつけられて育ってきたのだろう。

啓佑に対してかなりの対抗心を持っているのは事実かもしれないが、それはそれとして、彼は医学生なのだ。ただの意地でそうなれるほど甘い世界ではないはずだし、そこまで幼稚な人間でもないはずだ。

母親と自分、あるいは啓佑と自分とは、まったく別の人生を歩む別の人間なのだと、本

当はちゃんと理解していて、当主の座を巡る争いなどもくだらないと思っているのではないか。博己はそう思い、正輝に言った。

「正輝君、きみは医学生なんだよな？　今すぐ救急車を呼んで、彼を病院に連れていってくれるか？」

「え……？」

「今後のことを考えたら、きみはそうしたほうがいいと思う。たとえきみの母親がなんと言おうとだ。この際、俺にしたことは不問に付してやってもいいからさ」

博己の言葉に、正輝が虚を突かれたみたいな顔をする。

すると横から、啓佑がうなずいて言った。

「あー、確かに。博己さん、いいことを言いますね。俺からも頼むよ、正輝」

「なっ……、はぁっ？　どうして兄さんまで、そんなっ」

「医者の卵なのに、怪我人を前にして逃げたら駄目だろ？　まあＤｏｍは頑丈だから、俺から見ても大丈夫そうなのはわかるけどね」

啓佑が言って、ふと思い立ったみたいにポケットを探って何か取り出す。

それは小型のメモリースティックか何かのようだった。正輝のシャツの胸ポケットにすっとそれを入れて、啓佑が言う。

「これ、大伯母様に頼まれてたおつかい物なんだ。興味があるならちらっと中身見てもいいから、おまえ、よかったら渡しといてくれないか？」

「……大伯母、様に……？」

「実は俺が今回帰国したのは、自分の会社のこともあるけど、大伯母様から頼みごとをされてたからでもあるんだ。上條家の次期当主を誰にするか決めるに当たって、親族一人一人の素行や信用を、徹底的に調査してほしいってね」

啓佑の言葉に、正輝だけでなく博己までが、驚いて目を見開いてしまう。

「まあ、見てもらったらわかるけど、どいつもこいつもけっこうひどいよ？　同業他社に企業秘密を洩らして金をもらってたり、会社の金を横領してたり、儲け話で詐欺を働いてたり、はたまた買春に走ってたり。あんまり言いたくないけど、美紀子さんもいろいろやってる。まああの人の場合は、おまえを当主にしたい一心なんだろうけど」

啓佑が言って笑みを見せる。

「ちなみに俺は、いずれアメリカで市民権を取るつもりだし、一切その気がないから除外。そうするとダントツでクリーンなの、おまえなんだよ、正輝。まだ学生だから当然といえば当然だけど、皮肉だよな。俺の次にその気がない奴が、一番当主にふさわしいなんて」

「俺はっ……、別に、その気がないわけじゃ……！」

「ならそれでもいい。医者と当主と、どっちもやりたいなら目指せばいいよ。でもそれは、美紀子さんのためじゃない。おまえだって、本当はあの人にそう言ってやりたいんじゃないのか？」

啓佑の言葉に、正輝が顔を歪め、またはらはらと涙をこぼし始める。

どうやら図星みたいだ。ぐったり横たわって動けないままの陣野が、はは、と小さく笑う。

「……やれやれ。完敗じゃねえか、坊ちゃん。憎き腹違いの兄貴相手によぉ？」

陣野が言って、自嘲するみたいに続ける。

「まあそれは、俺も同じか。上條啓佑。あんた、いったいどうやってここに？」

「人を雇っておまえの車を追わせてた。この倉庫、堕とし屋稼業でよく使ってるんだろ？」

「はは！　ざまあねえな！　あんたみてえなＤｏｍが本当にいるんだなあ。グレアもディフェンスも何もかも、化け物みてえじゃねえか！」

「化け物の自覚はあるよ。俺は決してクリーンじゃないってこともね。他人にわざわざ指摘されなくても、犯した罪は一生背負っていくつもりだ」

啓佑が言って、博己の顔を見つめる。

「そろそろ服を着て、もう行きましょうか。とりあえず病院に戻りましょう。バンパーがだいぶへこんじゃったけど、送りますよ」

啓佑が手を差し出して、優しく誘う。博己はうなずいて、その手を取った。

「正輝の本心に気づいてくれて、ありがとうございました、博己先輩」

啓佑の車の助手席に座り、暮れゆく街をぼんやり眺めていたら、啓佑がぽつりと言った。

病院に戻る前に、一緒に家に寄りたい。

博己がそう言ったら、その意図を察してくれたのか、啓佑は車を自宅のほうに向けてくれた。彼自身のことも打ち明けたいと思ってくれたようで、啓佑が言う。

「俺の母はＳｕｂで、Ｄｏｍの父の契約パートナーでした。でも結婚はしてなくて、美紀子さんは祖父が決めた父の正式な婚約者だったんですけど、先に俺が生まれてしまって」

どこか申し訳なさそうな口ぶりが意外で、その横顔に顔を向けると、啓佑が前を見たまま話を続けた。

「それでも正妻になりさえすればって、美紀子さんはそう思ってたはずです。でも父は、正輝が生まれたときも、俺の母を病気で亡くしたあとも、美紀子さんと籍を入れることはなかったんです」

「……そういうことだったのか」

正輝が不名誉と言っていた話の事情がわかって、なんとも言えない気持ちになる。ダイナミクスとＮｏｒｍａｌとの結婚には、多かれ少なかれそういった問題が起こりがちだ。

「たぶん、父なりに母を大切にしたかったんだと思う。でも俺に言わせれば、Ｄｏｍとしても男としても最低だ。美紀子さんは父を恨み、母と俺を憎んで、正輝にはダイナミクスへの偏見をさんざん吹き込んだ。そして隙あらば俺を貶めようと画策するようになった。あの人は、父の身勝手な美学の被害者なんですよ」

啓佑が言って、哀しげに眉根を寄せる。

きっと今までも、たくさん嫌な思いをさせられてきたのだろうに、そんなふうに思える啓佑はとても心が広いと思う。美紀子の気持ちは理解できても、許すのには時間がかかるなと感じていると、啓佑が少しだけためらいを見せてから、ゆっくりと切り出した。

「中高生の頃……、俺はいっとき、美紀子さんが雇った興信所の探偵に、四六時中尾行されていたことがあるんです。あの人はたぶんその頃から、俺の友人として、あなたの存在を認識していたんだと思う。十年前、俺が渡米する直前のある日の夕方に、あなたの家を訪ねたこともね」

「……っ！」

ことの核心に迫る啓佑の言葉に、心拍が跳ねる。噛んで含めるみたいな口調で、啓佑が訊いてくる。

「博己さん。十年前のあの日のこと、もしかしてもう、全部思い出した？」

「……全部じゃないけど、だいたいは」

「そうですか。もうすぐお宅に着きますけど、俺、中に入らないほうがいい？」

フラッシュバックを気にしているのか、啓佑が控えめに訊いてくる。

でもこうなっては、むしろ一人のほうが怖い。博己は首を横に振って言った。

「一緒に、来てほしい。ちゃんと全部思い出したいから」

そう言って膝の上で拳を握ると、啓佑がそっと左手で包んできた。

「わかりました。俺もちゃんと話したい。一緒に、行きましょう」

啓佑がそう言って、自宅へと続く細い道に車を進め、家の前でゆっくりと停まる。

博己は車を持っていないので、家のガレージはいつも空いている。啓佑がガレージに車を止め、家を見上げて言う。

「……懐かしいな。あの日は、確か学校はもう春休みで。送別会をやってもらったあとだったけど、留学する前にどうしても先輩に会いたくて、いろんな人に家の場所を訊いて回ったんですよ」

「だから俺の家を知ってたのか」

「はい。でも、インターホンのスイッチが入ってなくて。駄目元でドアを引いてみたら開いたんで、たたきから声をかけようと思ったんです」

玄関の鍵を開けて家に迎え入れると、啓佑が玄関脇から二階へと続く階段を見上げた。

「でも、二階からあなたの泣きそうな声が聞こえてきたから、夢中で階段を駆け上がりました。あなたがＳｕｂで、養父の御厨氏に不当な支配をされてることに、俺はなんとなく気づいていたから」

「そう、だったのか……」

知られていたとは思わなかったが、啓佑がとても力の強いＤｏｍだと知った今なら、彼が気づいていたとしても驚きはない。一緒に階段を上り、博己の部屋の入り口に立ったら、あのときの情景がリアルに思い出された。廊下の先には、養父が転落した窓がある。

「……あれは、啓佑の目だったんだな。この部屋に入ってきて、あの人に、『博己さんから離れろ』って言った？」

「はい」

「あの人は跳ねるみたいに飛びのいて、部屋の隅でガタガタ震えながらおまえを見てた。おまえは俺の体を隠そうとするみたいに、ブランケットをかけてくれて……」

「ええ。それで、俺はあの人にこう言った。『今すぐ博己さんの前から消えろ。二度とその顔を彼に見せるな』」

啓佑の声が、博己の脳裏にも甦る。養父は迷わずその命令に従った。転がるみたいに部屋を出て、廊下の突き当たりの窓を乗り越えて――。

「俺、留学先で、社会適応プログラムを受けたんです」

「社会、適応？」

「平たく言えば、過剰な支配力を持ったＤｏｍや、そのせいで罪を犯した犯罪者向けの、教育プログラムです。それでなくてもＤｏｍは、その特性上、ときとして自殺や殺人の教唆の罪に問われることがありますから。もちろん、その要件はとても厳密に決められていて、たとえば俺が御厨氏に言った言葉くらいでは、普通は犯罪として成立しません」

啓佑が言って、小さく首を横に振る。

「だけど、だからって俺のしたことが消えるわけじゃない。俺は法的に無罪ではあっても、無実ではない。それは、自分でもよくわかっています」

「啓佑……」

「あのとき、救急と警察に連絡をしなくてはと、最初はそう思った。でも警察にありのままを話さなければならなくなったら、あなたがＳｕｂであることも、著名な作家の養父にレイプされそうになっていたことも、何もかもが表沙汰になって、あなたは平穏な日常生活を送れなくなる。俺にとって、それは絶対に避けたいことだった」

啓佑がこちらを見つめて、きっぱりとした口調で言う。

「だから俺は、あなたに命令をした。『今起きたことは全部忘れなさい。あれは事故で、俺もここへは来なかった。わかったら、庭に出て救急に電話をしなさい』とね」

「……ああ、そうだ。そうだった……」

ようやくすべてを思い出し、頭の霧が晴れたみたいな気分になる。

目を閉じて記憶を整理してから、博己は言った。

「おまえは確か、こうも言ったな？　あなたは長く不当支配を受けてきた、今すぐケアを受けるべきだ、専門の病院に行って医者にだけそのことを話しなさい、って」

その命令を守って、博己は医者にかかった。誰かほかの人に話そうとするとなぜか罪悪感を覚えたのは、その命令のせいだったのだろう。啓佑が薄い笑みを見せて言う。

「言いました。それともう一つ。俺自身、あまりにも自然に口にしすぎて気にも留めていなかったのですが、とても重要なことを言ったと、さっきやっと気づきました」

「……？　それは？」

「『この責任は必ず取らせてください。俺の一生をかけてでも』」

「あっ――――」

「たぶんその言葉が、あなたにはクレームとして作用した。俺たちはそのときに、知らずパートナー契約を結んでしまっていたんだと思います。あなたが陣野に抵抗できたのも、これまでほかのＤｏｍとあまり上手くいかなかったのも、そのせいでしょう」

「そうか。十年前から、俺は、おまえと……」

契約の謎が解け、Ｓｕｂとしての生きづらさの理由もわかって、ようやく納得がいった。

十年前のあの日から、博己はずっと啓佑のＳｕｂだったのだ。

「博己さん。俺のことが好きだって、あなたはさっき、そう言ってくれましたね？」

「……ああ。そう言ったよ」

「とても嬉しかったです。俺もあなたを想ってきましたから。学生の頃からずっとね」

「啓佑……！」

「でも、俺が犯した罪は重い。プレイパートナーとしての時間を重ねて、あなたが俺に惹かれ始めたことに気づいても、想いを受け取るわけにはいかなかった。取り返しのつかない罪を犯した俺は、生涯誰とも結ばれる資格はないと思っているからです」

哀切な声音で、啓佑が言う。

「あなたのことを、心から愛しています。でもだからこそ、意図せず結んだあなたとの契約は解消しなければならない。俺とあなたの関係は、何があろうと期間限定のプレイパートナーで終わるべきなんです。俺は最初からその覚悟を持って、あなたとプレイをしてきたんですから」

哀しい言葉に、胸が痛くなる。そんなにも強い覚悟で、啓佑は博己と向き合っていたのか。過去の罪ゆえに、博己を愛しながらも見返りは求めず、ただ博己がSubとして安全に暮らせるようにするためだけに、あんなにも深く濃密なプレイを……？

（それで、いいのか。本当に？）

啓佑にとって、その選択は正しいことなのかもしれない。それはすべて博己のためであり、そうすることが、彼が言うところの「完璧な支配」なのだろう。

だけど、それはあまりにも――――。

「……ヘタ、クソッ」

「えっ」

「この、ヘタクソ！　おまえは今、Ｄｏｍとして最低最悪にヘタクソだよ、啓佑！」

胸の中で感情が爆ぜて、思わずそう叫んだら、啓佑が驚いて漆黒の瞳を見開いた。

またしても苦し紛れに発したセーフワードだが、先ほどと違い正気のＤｏｍの精神には、正しく作用したみたいだ。啓佑が顔をしかめたので、心にいくらかダメージを与えたのがわかり、発したこちらも苦しくなる。

Ｄｏｍに対して、いや、好きな相手に対して、自分の偽りのない気持ちを伝えること。

それはダイナミクスでなくても、とても苦しくて勇気がいることだ。

でも博己は、もう何も恐れてはいない。そこに本物の愛があるのなら、何も怖がることなどないと知っている。博己は啓佑の瞳を真っ直ぐに見つめて言った。

「俺の気持ちを、置き去りにするなよっ。俺だってもうおまえを愛してるんだ！　なのにおまえは、生涯孤独でいることが、過去の行いへの罪滅ぼしだと思ってるのかっ？　ＤｏｍとＳｕｂは補い合う関係だって言ったの、おまえじゃないかよっ！」

「博己さん……」

「おまえが俺を助けてくれて、だから俺は今こうしてここにいられて、自分がＳｕｂであることを心から肯定できるようになったんだ。だったら俺にもそうさせてくれよ。これからも契約パートナーとして、おまえの罪を一緒に背負わせてくれ！」

こんなふうに誰かに気持ちを告げたことはなかったが、それは博己の心からの望みだった。偽りのない想いが伝わったのか、啓佑が泣きそうな顔をする。

「……あなたって人は。どうしてそんなに、男前なんですか」

「……啓、佑っ……」

「そんなにも深く、強く俺を想ってくれているあなたを、拒絶しようとしていたなんて。俺、ほんとにヘタクソだなぁ」

ぼやくみたいに言って、啓佑が微笑む。

「よく言えました、博己。セーフワードをちゃんと言えて、俺にストップをかけられたあなたは、とてもとても、いい子です」

啓佑が声を詰まらせながら、セーフワードを告げられたＤｏｍがＳｕｂに返すべき褒め言葉を告げ、両手で顔を挟むみたいに博己の頬に触れてくる。

「だけど、本当にそれでいいんですね？　俺、二度とあなたを手放しませんよ？」

「望むところだよ、啓佑。これからもずっと……、一生、俺を支配してくれ……！」

十年越しでクレームへの受諾の言葉を告げると、啓佑がうなずき、優しく口づけてきた。

契約のしるしこそなかったが、啓佑に魂まで包み込まれるみたいな感覚に、改めて自分が彼のものであることを実感する。ゆっくりと口唇を離して、啓佑が訊ねる。

「……博己さん。契約のしるしは、首輪派？　それとも指輪派？」

「ええと……、どうだろう。考えてみたこともなかったけど」

「もちろん両方でもいいんですよ？　ていうか、そうしてくれたら、嬉しいな」

「両方……？」

一瞬どういうことかわからず、顔を見つめた。

その顔に浮かぶ穏やかな笑みが、博己の胸を高鳴らせる。

それって、もしかして――。

「俺と結婚してください、博己さん。それで、アメリカで一緒に暮らしましょう」

「……！」

「俺はあなたの全部が欲しい。愛情も信頼も。どうかあなたのすべてを、俺にくださいっ」

情熱的な求婚に、知らず涙がこぼれる。それこそ、博己の望みそのものだ。

「……ああ、いいよ。俺の何もかも全部、おまえのものにしてくれ！」

博己の返事に啓佑が破顔一笑して、またキスをしてくる。

博己は啓佑の首にしがみついて、その甘い口づけに応えていた。

「……あー、やっぱり痕が残ってますね。痛い？」

「まあ、少しな」

「くそう、陣野の奴め。俺の博己さんに鞭なんて当てやがって！　もう一発くらい殴っとけばよかった！」

翌日、博己は無事退院して、そのまま啓佑のマンションにやってきた。

昨日家に寄れたおかげで、必要なものはこちらに運び込んであったから、このまま静養をかねてしばらく啓佑と一緒に過ごす予定だ。

まずはさっぱりしようとシャワーを浴び、洗面室でバスローブを肩に羽織って鏡を見てみたら、昨日陣野につけられた一本鞭の痕が、いくつか肌に残っているのに気づいたのだ。

「まあまあ、啓佑。そこまで深い痣でもないよ。俺をどうっていうか、おまえに見せつけるためのパフォーマンスだったみたいだし」

「けど、やっぱり痛かったでしょう？　こういう巻きつくタイプは、特に」

「あ、んっ……」

鞭の軌跡に沿ってついた、脇腹から背中を回って反対側の腰へと続く薄い痣を、啓佑が指でそっと撫でてきたから、痛痒さに声が出た。けれどその痛みには、どこか甘美な悦びもあった。昨日鞭打たれたときの痛みと恐怖は、気が変になりそうなほどだったのに。

「今は、そんなに痛くないし。ていうか、むしろ、悪くないっていうか……」

「えっ？」

「いやほら、鞭の痛みも怖さも、おまえとちゃんと結ばれるための試練だったんだって思えば、それほど悪くはないってことだよ。こうやっておまえが触ってくれれば、痛いところも気持ちのいいところに変わっていくっていうか」

博己はうっとりと言って、欲情が募るのを感じながら啓佑を見つめた。

「俺はこんなの、知らなかった。啓佑が教えてくれたんだぞ？　おまえだから、痛いのだってこんなに気持ちいいんだ、ってな」

「……博己さん……。嬉しいな、そんなふうに、感じてくれてるんですか？」

啓佑が身を寄せて博己を抱きすくめ、甘い笑みを見せる。

「実はね、博己さん。あなたがシャワーを浴びてる間に、しるしの首輪が届いたんですよ」

「えっ！　昨日頼んだのにもうできたのか？」

「はい。職人さんに徹夜させちゃったから、あとでちゃんとお礼をしとかなきゃ」

啓佑がそう言って、艶めいた声で告げる。

「今すぐ、あなたの首につけたいな。それでそのまま、今までで一番気持ちのいいプレイをして、あなたを愛したい……。そうしても、いいですか?」

啓佑の美しい漆黒の瞳には、支配欲の焔が燃えさかっている。それを見ただけで、博己の体の芯が激しい被支配欲で疼き出した。

しるしを身につけて彼とのプレイに溺れたいと、激しく欲望が募ってくる。

「ああ、してくれ。おまえの支配のしるしを俺に……!」

あえぎながら哀願すると、啓佑がうなずいて、博己を抱く腕をほどいた。

そうして博己を見つめたまま、肩に羽織ったバスローブの襟に指をかけ、はらりとはぎ取る。口唇に薄い笑みを浮かべて、啓佑が言う。

「おいで、博己」

「……っ、は、はぃ」

甘い声音で命じられ、啓佑のあとについてプレイルームに入っていく。

啓佑がベッドに腰かけたので、目の前に膝をつこうとしたけれど、啓佑は小さく首を横に振って、博己にベッドシーツの上に座るよううながした。言われるままベッドに上がると、啓佑がサイドテーブルから美しいベルベット張りの箱を取り上げた。

中には、ボルドー色の革ベルトと金の金具でできた美しい首輪が入っていた。

(綺麗……!)

ベルトにはクラシカルな花のカービングが施されていて、喉のところには大粒のダイヤモンドが埋め込まれており、一見するとゴージャスなチョーカーのようだ。

うなじ側の内側には、博己のイニシャルの焼き印が入れられている。

「赤と、最後まで迷ったんですけどね。拘束具と違ってこれは普段から身につけるものだし、少しシックなほうがいいかなと思って、このボルドー色に。ダイヤモンドは、婚約の証しにと思って」

啓佑が首輪を箱から取り出し、後ろ側の留め金を外す。

「顎を少し上げなさい」

「はい……」

ドキドキしながら顎を上げると、啓佑が博己の首に腕を回して、真新しい首輪をつけてくれた。少しきつめに留められて、まだ硬い革が皮膚に食い込む感触にゾクゾクする。

裸身に首輪だけつけたしどけない姿の博己を眺めて、啓佑がほう、とため息をつく。

「すごく素敵ですよ、博己。これであなたは、完全に俺のＳｕｂになったんですね？」

「啓佑の、Ｓｕｂ……」

「本当に、心から嬉しいですよ。夢みたいだ」

啓佑が言って、そっと頬を撫でてくる。手首から香るアンバーの匂いに、体が潤む。

「……あ、ぁ……、啓佑、の、匂い……！」

「博己……？」

「お、俺、もうっ、この匂いだけで、スイッチが、入っ、ちゃっ……」

手首に鼻を寄せて深く息を吸い込んだだけで、知らずはあはあと息が乱れ、体が汗ばんでふらふらしてくる。欲望も恥ずかしく頭をもたげて、後ろがヒクヒクと疼き出すのがわかる。啓佑に頬を撫でられ、上下の口唇を親指の腹でくるくると形どおりになぞられたら、彼の指を舌で舐ってしゃぶり立てたくてたまらなくなった。

だが啓佑の許可も得ずに、勝手にそんなことをするわけにはいかない。

口唇を結んで懸命にこらえていると、啓佑がふふ、と笑って言った。

「匂いだけで興奮しちゃうなんて、エロティックですねえ、博己は。今日はもう、こうやって口唇をいじってるだけで達っちゃいそうじゃないですか」

「ん、ぅ……」

「正式に契約を結んだあとの最初のプレイだし、どんなふうにしようかなって考えてたけど、あなたがエッチすぎて全部吹っ飛んでしまいましたよ。どうしてくれるんです？」

「あ、あっ……、ご、め、なさっ……、ひぁっ！」

片方の手で口唇をなぞられながら、反対の手で脇腹の鞭の痕を軽くつねられて、裏返った悲鳴を上げる。心地よさと痛みが交錯して、頭がチカチカするけれど、どちらも啓佑が与えてくれる感覚だから、あざなうように悦びへと変わっていく。

欲望の先が早くも潤んできたのを感じていると、啓佑が甘い声で言った。

「だけど、今日は頭で考えてプレイするのは、何か違う気がするな。道具も拘束具も使わないで、あなたには感じるままに、ひたすら俺に愛されていてほしいっていうか」

「おまえに、愛され、る……？」

甘美な言葉に胸がしびれる。

プレイパートナーであるうちは、それは求めても得られないものだった。

でも今はもう違う。啓佑と自分とは契約を交わした正式なパートナーであり、結婚を誓い合った恋人同士でもある。プレイと情交は今や、二人の愛の行為へと昇華された。

啓佑の言葉の意味を悟ってまなじりが濡れるのを感じていると、啓佑がシャツのボタンを外してさっと脱ぎ捨てた。そうして優しく微笑んで、ささやくように言う。

「そう、ただ俺に愛されるんです。今日俺があなたに命じたいのはそれだけだ。あなたは俺にとことん愛されて、気持ちよくなっていなさい」

「啓佑っ……、ぁん、んっ……」

頭の後ろに手を添えられて引き寄せられ、熱っぽく口づけられて、頭が熱くなる。

とことん愛されて、気持ちよくなって。それはＳｕｂとしても、人としても、何もかもを彼に委ねて悦びだけを感じていればいいということだ。

啓佑の言う「完璧な支配」とは、つまりは愛による支配だったのだ。

不意にそう気づいて震えるほどの歓喜を覚える。啓佑の首にしがみついてキスに応じると、彼が口づけを深めながら、博己の体をベッドに横たえた。

「ぁ、む……、ん、ふっ……」

　上下の口唇を順に食むように吸われ、舌で丁寧になぞり上げられて、腰にビンビンとしびれが走る。先ほど指で撫でられたからか、博己の口唇はひどく敏感だ。閉じかけた口唇に舌を差し込まれ、先端で擦るみたいに出し入れされると、本当にそれだけで達してしまいそうなほど気持ちがよかった。

　顎に手を添えられて口を開かされ、上顎に沿って奥までぬるりと舌を入れられたら、喉の感じる場所がヒクヒクと震え、下腹部もきゅうきゅうと収縮するのを感じた。

　甘く深く、そして濃密な口づけに、体の芯がぐずぐずに蕩けてしまいそうだ。

(啓佑の舌、すごく熱くて、美味しい)

　キスは何度もしているけれど、口腔をまさぐる啓佑の舌はいつにも増して甘く、溶かされそうなほど熱い。密着した口唇からも、しがみついた首の後ろからも啓佑の体温が感じられ、まるで博己への想いが、熱になって伝わってくるみたいだ。

「……ぅ、んっ！　ふ、ううっ」

　啓佑がキスで博己を溶かしながら、脇腹や腰、腿裏の鞭の痕があるあたりに、手で優しく触れてくる。わずかに痛みを感じはするが、慈しむみたいな手の温かさで痛みなどすぐに麻痺して、ただ触れられる悦びへと変わっていく。

無意識に差し出した舌をちゅるちゅると吸い立てられながら、鞭の痕を労るように撫でさすられたら、それだけで腹の底になじみのあるさざ波が立ってきた。

「ん、うっ、ふっ」

キスを味わいながら、両脚を開いて啓佑の腰に絡め、腰を浮き上がらせて局部を彼の腹のあたりに押しつける。勃ち上がった博己自身はもう透明な蜜で濡れていて、彼の筋肉質な腹を濡らしたのがわかったけれど、啓佑はそれを咎めたりはしない。腰に巻きついた博己の脚をまさぐるように撫でて、尻に手を添えてくる。尻肉をきゅっとつかまれたのでビクンと腰を跳ねさせたら、彼の腹に自身が擦れて快感が走った。

「……ぁ、ふっ、啓、佑っ」

キスがほどけ、啓佑の口唇が耳朶や首筋をなぞり始めたから、濡れた口唇で恋しい名を呼びかけながらはしたなく腰を揺する。

鍛えられた啓佑の腹筋はしなやかで温かく、裏の一筋や幹が摩擦されるたび、悦びで我を忘れそうになる。啓佑が耳朶を甘噛みして、楽しげに言う。

「本当にエロティックだな、今日のあなたは。まだキスしただけなのに、もうこんなにぬるぬるにしちゃってるんですか？」

「う、うっ」

「ああ、謝らなくてもいいですからね？　ほら、俺の体でもっと気持ちよくなって？」

「あっ、あっ……！」

啓佑が博己自身を手で包み、自ら腹に押し当てて身を揺する。そんなふうにされたことがなかったから驚いたけれど、温かい刺激に包まれて、さざ波が一気に大きく高まる。啓佑の動きに合わせて腰を跳ねさせたら、あっという間に頂へと引き上げられた。

「ふ、ぁあっ、い、達く、い、ちゃっ……！」

啓佑の手と腹とに包まれたまま、止めようもなく白蜜を放つ。

入院していて触れずにいた期間があったせいか、吐精の勢いは思いのほか強く、ぬるい液は啓佑の指をすり抜け、互いの胸にまで飛んでくる。

羞恥を覚えて頬を熱くすると、啓佑が愛おしげな声で言った。

「いつ見ても可愛いな、あなたの達き顔は。まるでお顔に花が咲くみたいだ」

「け、すけっ……」

「これを見ていいの、もうこれからは俺だけなんですよね？　だったらたくさん咲かせてあげなくちゃ。それはあなたを愛する者の、義務だ」

「つあ、ひっ！　あっ、あっ！」

蜜で濡れた手で震える亀頭をくにゅくにゅといじられ、上体がバネみたいに躍った。

達したばかりのそこを刺激されるのは、いまだにかなり苦しい。

だが最初のときにはお仕置きだったそれも、その果てにあるしたたかな放出の愉楽を知った今では、なんとも言えない淫靡な甘苦しさだ。シーツをつかんで弾む体を抑え、苦楽の入り交じった刺激に耐えているると、やがて排尿感に似た切迫した感覚が迫ってきた。

「あっ、ぅう、啓、佑っ」

「洩らしちゃいそう？」

「う、んっ」

「もうちょっと我慢してみなさい」

「ううう、ぁっ、はああ、ああ」

優しい声とは裏腹に、啓佑が亀頭をいじる指を増やし、透明液でくちゅくちゅとした音が立つほどもてあそび始めたから、たまらず悲鳴を上げる。

今日は手が自由だったから、思わず彼の腕を押さえて止めようとしてみたけれど、あっけなく両手首をからげられて頭の上で押さえつけられ、そのまま追い立てるみたいに欲望の切っ先を擦り立てられた。ぶんぶんとかぶりを振って、博己は叫んだ。

「やっ、ああ！　も、無理っ、む、りぃいっ……！」

「潮吹きしちゃいたい？」

「う、んっ、しちゃい、たいっ、もっ、我慢できない、からぁっ」

子供みたいな声で答えると、啓佑がふふ、と声を立てて笑った。耳元に口唇を近づけて、淫猥な声で言う。

「じゃあ、俺が三つ数えたら、思いっ切り出しちゃいなさい。いいですか。ひとぉつ、ふたぁつ……」

「うあ、ああっ、あっ……」

「みぃっつ！」

「ぁあああ――――」

びしゃっ、びしゃっ、と、まるで蛇口が壊れた水道みたいな勢いで、博己の先端からさらさらとした無色透明な液体が放出される。

液体が放たれるたび雄蕊はビクンビクンと大きく跳ね、そのたびに尿道の奥にえも言われぬ鈍い快感が走って、両足がガクガクと震えた。

啓佑があぁ、と感嘆したみたいな声を出す。

「上手にできましたね、博己。ちゃんと言うことを聞けて、偉いですよ？」

「う、うう……」

「こんなにいっぱい出して、あちこちびしょびしょにして、体をぶるぶる震わせて……。本当になんて可愛いんだろう、あなたは」

先ほどの白蜜も潮も、博己だけでなく啓佑の体にまで飛び散ってしまったけれど、彼はそれを喜んでもいるみたいに、手のひらで引き締まった体に塗りたくる。手についたものを舌でぺろりと舐め取って、啓佑が言う。

「もっと、達って？　俺に全部さらけ出してよ、博己」

「……あ、うっ！」

啓佑がゆっくりと身を屈め、余韻に震える博己の左の乳首をカリッと噛んできたから、うなじのあたりにビクリとしびれを感じた。

甘い木の実みたいにぷっくりとした博己のそこは、啓佑とのプレイでたっぷりと開発されたせいか、触れられずともツンと勃ち、ジンジンと疼き始めている。

硬くなった乳首を歯で噛んで引っ張られ、先端を舌先でぬらぬらと舐められたら、もうそれだけで腹の奥がじくじくしてくるのを感じた。

もじもじと腰を揺すると、啓佑がぷっと口を離して言った。

「あなたの乳首、最初のときから過敏なくらいだったけど、俺とプレイをするようになってから大きくなったし、ますます感じやすくなりましたよね。ここを刺激すると、お尻の奥とか前立腺のあたり、ヒクヒクするでしょ？」

「は、あっ、ううっ、ン……！」

啓佑が顔の位置をずらし、今度は右の乳首を歯で噛んで、舌をぐりぐりと乳頭に押し当てて舐ってくる。

胸を刺激されると、どうしてか後ろの肉筒が蠢動して、ほかのどこにも触れられないままにオーガズムに至ることもできる。最初のときに啓佑に道筋をつけられて、あれから何度も乳首で達しているから、今ではそこをいじられたらすぐに腹がぐつぐつと煮え滾ってくるようになった。欲望の先端からは、また期待の嬉し涙が流れてくる。

「あ、うう、ぃ、いっ」

「……どこがいい？　この辺に、きてる？」

「ふぅ、あぁ」

胸をちゅくちゅくと吸い立ててしゃぶりながら、啓佑が指を博己の会陰に這わせ、ツンと下から押し上げる。ちょうど前立腺の外側に当たるそこも、とても感じるところだ。乳首を甘噛みされながらそこをやわやわと指でなぞられたら、どうにもたまらなくなって腰がうねうねと動いた。

「もしかして、こうやってるとまた達っちゃいそう？」

「う、うんっ」

「じゃあ、今度は胸で、白いのは出さずに達ってみなさい」

「ひうっ！　ぁあ、ゃあっ」

欲望の根元をきゅっと握られ、赤く熟れた乳首を舌と歯とで交互になぶられて、甲高い悲鳴を上げる。射精を抑えられると苦しいけれど、愛撫に対する感度はぐんと上がるようで、乳首にざらりとした舌先が触れただけで、体に電流が走ったみたいになる。

抑制の切なさと乳首を噛まれる疼痛。乳頭を舐られる気持ちよさと、腹の底にひたひたと湧き上がる快感。複雑な刺激に意識をぐらぐら揺さぶられるうち、熱くなった内腔がきゅうきゅうと収縮し始めて――――。

「ぁ、ぐっ、ふ、うぅ……！」

ビクン、ビクンと激しく体を痙攣させせながら、また大きな頂へと舞い上がる。

射精と潮吹き、それに鮮烈なドライオーガズム。

立て続けに凄絶な快楽の濁流にのまれ、呼吸が浅く小刻みになる。

目を見開いているのに視界は真っ白で、熱い涙だけがたらたらととめどなく出る。緩んだ口唇からみっともなく唾液がこぼれるのを、自分では抑えることもできない。浅い息づかいはやがて嗚咽へと変わり、胸には溢れそうなほどの歓喜が湧き起こってくる。

「ふぅ、うう、け、すけっ、けえ、すけっ」

「あれ、なんだか目が遠くを見てるな。大丈夫？　俺のこと、見えてます？」

啓佑の声が聞こえ、ぼんやりその姿が見えてくる。

頭の上で押さえられていた両手を解放されたから、腕を伸ばして甘えるみたいに体に抱きついたら、啓佑が優しく頭を撫でてくれた。

「本当にいい子ですね、博己。どこまでも可愛い人だ、あなたは」

涙で濡れた博己の頬にそっと口づけて、啓佑が言う。

「でも今日のあなたは、もっと可愛い姿を見せてくれそうだ。そうじゃありませんか？」

「もっ、と……？」

啓佑に気持ちよくしてもらい、心は喜びで溢れているけれど、啓佑はもっと博己を乱れさせ、甘く支配したいみたいだ。

そうしたいと望まれることも、自らそれに応えることも、今や博己にとっては至高の快楽だ。彼が喜ぶことをしてあげたいし、思うがままにこの身を愛してほしい。

博己は震える声で告げた。

「もっと、して、ほしい……。俺のことを、愛して、ほしいっ」

博己の哀願に、啓佑の目の奥に見慣れた焔がともる。

人並み外れた強力なグレアを隠し持つ、彼の美しい漆黒の瞳。

鼓膜を愛撫するみたいな声で、啓佑が告げる。

「いいでしょう。あなたの望むことをしてあげますよ。どんなふうに愛してほしいか、口に出して言ってみなさい、博己」

「……っ……」

啓佑にしてほしいと、博己が心から望むこと。啓佑にだけしてほしいと思うこと。

今の博己にとって、思いつくものはただ一つしかない。

もちろんこれからもっとたくさん増えていくのだろうし、啓佑とそういう関係になれたことは何よりの喜びだが、今この瞬間にしてほしいと思うことはたった一つだ。

もはや啓佑にしか許さないであろうその行為を、美しい漆黒の瞳で博己をがんじがらめに縛りつけながらしてほしい。博己は激しい渇望を覚え、啓佑の瞳を見つめて言った。

「……叩いて、ほしい。おまえの、その手でっ」

「俺の手で、あなたを？」

「うん……。俺はおまえだけのものだって、体に教え込んでほしいからっ」

あれほど避けていたスパンキングを、こんなにも欲する日が来るなんて思わなかった。

今や過去の苦しみは洗い流され、これからはスパンキングは愛おしいＤｏｍとの愛の行いに変わるのだ。恍惚となりながらそう感じていると、啓佑が笑みを見せてうなずいた。

「わかりました。ちゃんと口に出して言えて、偉いですよ、博己」

啓佑がそう言って、体を起こしてベッドのヘッドボードにもたれて座る。

「来なさい」

「あ……、はいっ」

欲しいものを与えてもらえる喜びで胸を弾ませながら、啓佑に身を寄せる。

彼の腿をまたぐように膝立ちになり、首に抱きついて腰を突き出すと、啓佑が左腕で博己の背中をそっと支えて言った。

「あなたは俺の……、俺だけの、大切なＳｕｂです。あなたをスパンキングしていいのはこの俺だけだ。あなたはそれを、きちんと理解していますね、博己？」

「は、いっ」

「あなたが寄せてくれた信頼に、俺はＤｏｍとして応える義務がある。俺はこのスパンキングに、あなたへの愛を惜しみなく込めるつもりです。どうか受け取ってください」

啓佑が言って、右手を振り上げる。啓佑の首にぎゅっとしがみつくと、尻たぶに啓佑の大きな手のひらが振り下ろされた。

「あぅっ！　……あっ、ううっ！　ふうっ、ぅうう……！」

ぴしゃり、ぴしゃりと、肉を打つ鋭い音が部屋に響く。

始めから少しの容赦も手加減もない、全力のスパンキングだ。

啓佑の肉厚な手が、ヒュンと音が立ちそうなほどのスナップをきかせて振り抜かれ、形どおりに双丘の丸みを捕らえて重い打撃を与えてくる。左右の尻を交互に打ち据えられるたび、体が跳ねるほどの衝撃が背筋を駆け上り、痛みで息が止まりそうになった。

皮膚もジンジンと腫れてきて、肉の深いところまで熱くなっていくのがわかる。

Ｄｏｍに苦痛を与えられるのは、やはりとてもつらいことだ。炸裂する痛みに脳天を貫かれ、こらえようもなく涙が溢れてくるけれど、啓佑のスパンキングはやむことなくさらに勢いを増す。

「う、ぅうっ、啓、佑っ、あう、ぅううっ……！」

気を抜くと泣き崩れてしまいそうだったから、必死で啓佑にしがみついてスパキングに耐える。

過去に他者に与えられた理不尽な暴力が脳裏に甦ってきて、気をしっかり持っていないと自分を保てなくなりそうだ。

だが啓佑が与える苦痛は、ほかのＤｏｍのそれとは何かが根本的に違う。

激しい痛みに苦しめられながらも、徐々にそう気づき始め、体が戸惑いを覚える。

ゆっくりと確かに、何度も振り下ろされる啓佑の手。

痛みを与えながらも、その手はとても優しく温かく、博己への深い慈しみが感じられる。

背中に回された左の手は力強く体を支えてくれていて、博己がどこまでも己を解き放てるよう、見守ってくれているみたいだ。

（……愛情を、感じるんだ……、啓佑がくれる、本物の愛を……！）

契約を交わし合ったＤｏｍとＳｕｂの強い結びつきが生む、信頼感と安心感。そしてどこまでも深い愛情。二人の間にある確かな絆によって、スパンキングは愛による支配の色をまとっている。それはただの痛みだけでは到底かなわないほどに、Ｓｕｂである博己の本能を深く満たしてくれるのだ。

心と体とでそれを感じて、意識を揺さぶられる。愛が痛苦を愉悦へと変えていくのを感じて、博己は知らず笑みを洩らした。

「ん、ふっ……、あ、あっ、あぁ、はあっ……！」

叩かれるたび喉から洩れる声のトーンが、かすかに艶を帯び始める。

体の芯には再び快感の火がともり、腹の底がヒクヒクと震え出した。

萎縮していた欲望もはっきりと頭をもたげ始め、打撃でビンと跳ねる都度、かすかに愛蜜を洩らし始める。後孔もあやしく疼き、肉筒はじんわりと潤んでいく。

博己が悦びを覚え始めたのがわかったのか、啓佑が嬉しそうに言う。

「可愛い声が出始めましたね。俺に叩かれて、気持ちよくなってきた？」

「う、んっ、き、もち、ぃっ」

「いい子だ、博己。俺の愛を、感じてくれたんですね？」

啓佑がかすかに息を揺らして言って、低く淫靡な声でささやく。

「このまま、達かせてあげる。俺に叩かれて気持ちよく達き果てなさい、博己」

「あぐっ、っあ、ぁ……！」

啓佑の左手が首の後ろに移動し、首輪に指を引っかけてわずかに持ち上げてきたから、ふっと視界が暗くなった。

一瞬気を失い、はっと意識を取り戻したせいか、血圧が上がって体中が敏感になる。

勃ち上がった欲望がビンと跳ね、後ろがきゅうっと締まるのを感じた瞬間、啓佑が下からすくい上げるみたいに連続で尻を打ってきたから、尻肉がぷるんぷるんと大きく弾んだ。

その振動が、腹の底の快感の波を大きく爆ぜさせる。心はまるで翼を得たかのように、身体を超えて大きく解き放たれて――――。

「ぁ、あっ！　飛ん、じゃうっ、高い、ところにっ、あ、はっ、あはっ、あはっ……！」

上ずった声で叫び、たがが外れたみたいに泣き笑いながら、博己が頂を極める。

叩かれて達するなんて初めてだったが、震えるほどの多幸感に身を包まれ、感涙が止まらない。博己自身がびゅるっ、びゅるっ、と大量の白蜜を吐き出し、互いの胸と腹を濡らすのを、啓佑が陶然とした目で眺めているのが、明滅する視界の中にかすかに映る。

どうやら博己は、Ｓｕｂスペースに入ったみたいだ。

「けぇ、すけ、けい、すけぇっ」

「ここにいますよ、博己」

「ぁあ、すき、好、き……！」

止まらぬ悦びに体をビクビクと震わせ、たらたらと涙を流しながら、啓佑の頬に手で触れて口唇に何度も口づける。

何もかもがきらめき、心はどこまでも解放されて、自分と世界との境目がわからない。わかるのはただ、目の前のＤｏｍ、啓佑が愛おしく、彼と一つになりたくてたまらないということだけだ。博己が放ったもので濡れた啓佑の胸をまさぐり、引き締まった腹筋を撫でて、さらに下腹部へと手を伸ばすと、衣服の下に熱のかたまりが息づいているのがわかった。

「こ、れ、欲しい……、ごほうび、欲しぃっ」

甘ったるい声でねだると、啓佑が笑みを見せた。博己の熱く腫れた尻をねぎらうみたいに撫でて、ちゅっ、ちゅっとキスを返してくれながら、啓佑が言う。

「そんなふうに素直に好きだって言ってくれて、俺が欲しいと伝えてくれるなんて……。スペースに入ったあなたは、どこまでも可愛いな」

「ん、ん」

「嬉しいですよ、博己。俺もあなたが大好きです。いっぱい気持ちよくなって可愛い姿を見せてくれたし、そろそろご褒美をあげましょうか」

啓佑がそう言ってから、苦笑気味に続ける。

「……なーんて、余裕を見せて言いたいところですけどね。すみません、俺、今日は正直もう、限界かもしれない。あなたが欲しくて、どうにかなりそうだっ……」

「け、すけっ、ぁん、んっ」

啓佑が突然いつもの泰然とした態度をかなぐり捨て、奪うみたいなキスをしてきたので、ドキドキと胸が高鳴った。

何度もプレイを重ねて、彼にも余裕を失ってほしいと思ってはいたけれど、ここにきて急にこういう姿を見せてくれるのは、やはり正しく契約の絆が結ばれたからこそだろう。

こらえ切れぬ様子で博己の狭間に指を這わせ、窄まりをくちゅくちゅといじって開いてきたから、こちらもたまらず彼のズボンの前を開いて、肉杭を表に出した。

すでに凶暴なサイズになっている彼のそれを、今すぐ体の中に迎え入れたい。肉の串でこの身を貫かれ、壮絶な快楽に酔いしれたい。

Ｓｕｂスペースの恍惚で蕩けた頭が、一気に薔薇色の欲望で支配される。博己は啓佑のキスを逃れ、彼の剛直に手を添えて言った。

「もぅ、欲し、いっ、挿れ、て？」

「待って、博己。まだ後ろ、狭いから」

「平、気っ、だからっ、のみ込める、から……！」

「ちょ、博己！　っ……！」

啓佑の指を押しのけて切っ先を孔にあてがい、そのままゆっくりと腰を落としたら、啓佑がウッと息を詰めた。先端の熱と暴力的なまでのボリュームに、こちらも全身が総毛立ち、肌がヒヤリと冷たい汗で濡れる。

メリメリと媚肉がきしむみたいな感覚に眉を顰めたが、息を吐いたり止めたりしながら後ろをどうにか緩めると、博己の外襞は自ら彼を受け入れようとするみたいにほどけ、巨大な頭の部分をのみ込み始めた。

きつさがこたえるのか、啓佑が苦しげに目を細める。

「博己、つらくないんですか？」

「う、んっ。け、すけの、きもちぃ、からっ」

舌っ足らずな調子で言って、一つ大きく息を継ぐ。

「でも、いつもより、大きいっ……、すごくおっきくて、熱、いっ」

「あなたが素敵すぎるから、俺もこうなっちゃうんですよ。こんなのはあなたにだけだ。大好きな、あなただけです」

博己をうっとりと見つめて、啓佑が言う。

「セックスは、俺にとってもご褒美ですよ。支配欲は本能だけど、セックスは……、ふふ、そう、やっぱり愛ゆえの欲望ってことになるのかな」

照れたみたいな顔で、啓佑が続ける。

「俺って、ロマンチストなんです。だからたぶん、一生あなたに恋してると思う」

「啓、佑……、んあ、あっ！」

恋、と言われてときめいていたら、張り出した頭の部分がぐぷんと中に入った。すかさず啓佑が下からズンと突き上げてきたから、意識が宙を舞う。

窄まりをいっぱいまで開かれ、内奥を奥まで押し広げられて腹が重苦しいけれど、体を啓佑の雄で満たされた充足感はほかの何ものにも代えがたい。

博己には啓佑がいて、心も体もただただ幸福感で満ちている。

Ｓｕｂとして生まれ、己を否定したりもしたけれど、こんなにも素晴らしいＤｏｍと出会えた奇跡に、感謝したくなる。

「愛していますよ、博己。あなただけだ」

「けい、すけ」

「たくさん愛し合って、幸せになりましょうね？」

「……うん……、う、んっ……、ぁ、あぁっ、は、ぁっ」

啓佑が博己の腰を両手でつかんで支え、熱杭で肉筒をゆっくりと突き上げてきたから、悦びで声が裏返った。熱棒はすでにはち切れそうなほどに張り詰めているというのに、啓佑は博己を傷つけぬよう気づかって、優しく愛撫するみたいに抽挿してくる。

大切に扱われているのだと嬉しくて、それだけでまた涙がこぼれる。

こんなにも幸せで温かい関係を誰かと築けるなんて、思いもしなかった。

「啓、佑……、俺の、啓佑っ……？」

「ええ、そうです。俺はあなたのものだ。生涯あなただけの、Ｄｏｍですよ？」

「あっ！　ああ、けい、すけっ、はあ、ああっ！」

啓佑が徐々に抽挿のピッチを上げ、大きな動きで博己の中を擦り上げてくる。

ＳｕｂはＤｏｍによって支配されるけれど、啓佑が博己だけのＤｏｍならば、そこには同じ地平が見える。

支配し、支配され、愛し愛されて。そうしてどこまでも、一緒に歩いていけるのだ。

「け、すけっ！　いいっ、気持ち、いいっ！」

腰を揺すぶって動きに応えると、啓佑があっ、と小さく声を上げ、きゅっと眉根を寄せて息を詰めた。彼が感じてくれているのが嬉しくて、腰を跳ねさせながら後ろをきゅっと搾ると、啓佑が揺れる声で言った。

「ああ、すごいっ、あなたが俺を包んで、愛してくれてる。あなたの愛が、俺をっ……」

「啓、佑……っ！」

「もうこんなの、無理だっ……。すみません、今だけ、俺の傲慢を許してっ！」

「あっ……？」

つながったまま体を抱えられて背中からシーツに下ろされ、両脚をぐっと持ち上げられて、おろおろと顔を見上げる。悩ましげな目をしてぐっとのしかかられ、おののきを覚えた次の瞬間、啓佑が猛然と雄を突き立ててきた。

「ひ、ぁっ、ああっ、はあっ、ぁあああっ」

全身を剣で貫かれるみたいな激しい動きに、大きく視界が歪む。

傲慢な支配者の顔などしていないのに、啓佑がＤｏｍの本能に逆らえず博己を力で組み敷いているのが感じられ、背筋が震えた。

Ｓｕｂの身ゆえ、その激しい情動の発露には戦慄が走るけれど、ある意味これこそが、博己が見たかった啓佑の姿だ。雄々しい支配欲のまま博己を抱く啓佑には、愛おしさしか感じない。凶暴な剛直で最奥まで貫かれ、引き抜かれてははめ戻されるたび、Ｓｕｂの被支配欲求がどこまでも甘く満たされて、心も体もひたひたと潤んでくる。

啓佑の白濁を腹いっぱいに注がれ、その熱に酔いたい。どこも余すところなく啓佑のものにされ、燃え尽きるまで達き果てたいと、体がむせび泣くみたいだ。

博己は啓佑の腕にしがみつき、上ずった声で叫んだ。

「もっと、責めてっ、奥まで、いっぱいっ！　けい、すけっ、けいすけっ」

「博己、博己っ」

名を呼び合い、動きを合わせて身を揺らして、二人で上り詰めていく。

境目がわからなくなるほどいい部分が擦れ合って、熱く狂おしく溶け合ったら、頂はすぐに迫ってきた。肉筒がうねってきゅうきゅうと収縮を始めると、啓佑がおう、と哮るみたいな声を発して、博己の最奥をズンと突いて動きを止めた。

「あ、あっ、啓、佑……、あぁ、あ……！」

ざあっ、ざあっ、と、腹の奥に灼熱をたっぷりと流し込まれ、博己もまた、頂へと舞い上げられる。窄まりが啓佑をきつく食い締めるたび喜悦が全身を駆け抜け、博己自身もとろとろと白蜜をこぼした。

互いに悦びを与え合う極上のセックスに、身も心も満たされる。

「あい、してる、けいすけ……、あい、して……」

うわ言のような愛の言葉は、甘いキスに吸い上げられた。

愛だけが満ちた完璧な支配の淵を、博己はゆらゆらとたゆたっていた。


それから半月ほどが経ったある日のこと。

「う……、なんかちょっと、湿っぽいな。いつから封印されてたんですか、この部屋？」

「この前ドアを開けたのは、二年くらい前かな。なんかの展覧会に草稿を貸し出して、戻ってきたときだから。中の整理はこの十年一度もしてないよ」

家の一階にある、養父の書斎。

用がなければ立ち入らない部屋だが、先日とある出版社から、御厨聡志の選集を出したいと打診があった。絶版になっている本の内容確認のため、家にある現物を貸し出すことになったので、書斎を見てみたいとついてきた啓佑と一緒に、久しぶりに鍵を開けて中に入ったのだ。

窓を開けて風と光を入れると、埃がちらちらと舞って見えた。

「へー、これが作家さんの仕事机か」

壁面いっぱいに本が並んだ書棚から、博己が絶版本を探し出す間、啓佑は机の上や作り付けの棚、養父が亡くなる以前から積まれたままの見本本の山などを、好奇心たっぷりに眺めている。博己が家を相続したあと、一切手をつけずに十年が経っているのだから、ほとんどタイムカプセルだ。啓佑が机の上のラックに積まれた紙束を見て言う。

「あ、手書きのメモだ。お話のセリフ……、なのかな？　草稿とかこういうのとか、ファンの人にはたまらないんでしょうね」

「そうみたいだな。公開するとわりと反応がいいし」

「ちゃんとした管理を人に頼むにしても、アメリカに行く前に、こういうのは少し整理したほうがいいかもしれないですね」

そう言って啓佑が、机の奥の棚に差してあった古びたノートをそっと手に取る。

それは確かにそうかもしれない。博己の中でようやく昔の出来事として客観的に考えられるようになった養父との過去を、きちんと整理するためにも。

(これから俺は、啓佑と二人で新天地で暮らすんだからな)

啓佑が正輝に託した親族に関する調査結果が、なんらかの影響をもたらしたのだろう。上條グループでは、先日から急な人事異動や役員の更迭が相次いでいる。

そんな中、啓佑が博己との結婚と、彼の会社の東京支社が軌道に乗ったら二人でアメリカに住むことなどを公にすると、上條家では親族の話し合いの場が設けられ、正輝が医学部を卒業後に、上條家の次期当主となることが決まった。

上條家のお家騒動は、それでひとまず終息を見たようだ。

「そうだな。せっかく時間があるんだし、遺品の整理とか、ちゃんとしたほうがいいよな」

博己は言って、ようやく見つけた目当ての本を本棚から抜き取った。

「俺はこっちに身内がいないし、むこうに行ったら、次いつ戻ってくるか……」

「ひ、博己さん！」

古びたノートに目を落としていた啓佑が、いきなり頓狂な声を上げる。

何事かと顔を見ると、啓佑が無言でノートをこちらに差し出してきた。

怪訝に思いながらも受け取り、開いたページを読んでみる。

「これって……？」

それは養父の備忘録だった。日々感じたことや思索したことを、短く書きつけてあるようだったが……。

『人として、Ｄｏｍほど浅ましい存在はいないのではないか』

『野蛮なけだものですら無為な暴力は振るわないのに、私はなぜ、この恥ずべき欲求をコントロールできない？』

『子供の幸せを願い、幼き彼らのための作品をいくつも書いてきたのに、なぜ我が子同然の博己を、あんなにも責め苛んでしまうのだろうか』

「……あの人……、こんなことを……？」

そこに書かれていたのは、Ｄｏｍとしての葛藤や苦悩ばかりだった。

自分がされていたことを考えたら、何を今さらと思わなくもなかったけれど。

「俺たちの親や、それよりも上の世代のダイナミクスは、今の若者よりもずっと孤立していたって話、ときどき聞きますよね」

啓佑が言って、哀しげな目をする。

「正しい情報や適切な教育に触れられず、人知れず悩んでいた人たちも多いと。偏見が強い日本では第二の性をひた隠しにする人もいたから、特にね」

「養父さんも、そうだったのかな？」

「わかりません。でも海外の最新の研究や、俺が受けたような教育プログラムがもっと紹介されていけば、日本も変わるかもしれないとは思いますね」

「情報と、教育か」

啓佑の言葉に、目を啓かされる。

自分はおそらく子供を持つことはないだろうが、年若いダイナミクスのために何かしたいという思いはある。自分自身の子供時代を、安心して過去のものとするためにも。

「俺、そういう仕事がしたいな」

「仕事、ですか……？」

「うん。海外のダイナミクスの研究書や文学を翻訳して、日本に紹介するみたいな。たくさん、勉強しなきゃならないことがあるだろうけど」

新しく芽生えた夢を口にすると、啓佑が笑みを見せて言った。

「すごくいいと思います。あなたならできますよ」

「そう、思う？」

「もちろんです。俺、全力でサポートしますよ。あなたのＤｏｍとしてね」

心強い言葉が、何よりも嬉しい。

啓佑は博己だけのＤｏｍ。そして博己は、啓佑だけのＳｕｂ。

真の伴侶を得た喜びは、何ものにも代えがたいものだとしみじみ思う。

この愛を大切に守り、育んでいきたい。過去の罪や後悔も、まだ見ぬ未来も何もかも、二人で背負って一緒に歩んでいけたら――――。

博己は心からそう思いながら、愛するＤｏｍ、啓佑の端整な顔を見つめていた。

ＥＮＤ

あとがき

こんにちは、真宮藍璃です。このたびは「完璧な支配に満たされる　Ｄｏｍ／Ｓｕｂユニバース」をお読みいただきありがとうございます！

私の作品をいくつかお読みになっている方はご存じかもしれませんが、私はお道具とかお縛りとか拘束具とかが大好きで、隙あらば作品に取り込んできました。もちろん必然性がないとおかしいので、エロ尋問だとか躾けだとか監禁愛だとかの描写の中でだったのですが……。

Ｄｏｍ／ＳｕｂユニバースのＤｏｍとＳｕｂ、もう存在そのものが必然じゃないですか！　本能的にプレイを求めてる人たちで、プレイにはお道具もお縛りも拘束具も使えて、突然こういうのは変かな？　とか考えなくても書き放題じゃないですかー！

大変興奮した私は、気づけば担当様にＤｏｍ／Ｓｕｂどうですかね、と前のめり気味にお伺いを立て、無事書かせていただけることになったのでした。

とはいえ、なかなか特殊な世界観なので、自分なりにこうしよう、と決めるために、プロットを作る前にあれこれ考察しまくりましたし、リアルSMに詳しいお友達のお話を参考にさせてもらったりもしました。

書き始めてから大幅に変えたところもあり、勢いだけでは書けないものだなと難しさも感じましたが、やはり書いていてものすごく楽しかったので、また書けたらいいなと思っています。

そんな今作の受け、Ｓｕｂの博己は、私の作品の受けらしく真っ直ぐで、ちょっと強気なところもある人です。こういう人がプレイで甘く乱れてしまうのが、こうしたテーマの作品の楽しいところだなあと思っています。

攻めのＤｏｍ、啓佑は、飄々とした朗らかな若者ですが、プレイの腕前は一流、悩める博己を導いていく大人びた人です。ここ４、５年くらい年下攻めを何人か書いている中でも、啓佑はとても書きやすかったです。

このお話は、そんな二人のプレイと愛、そして癒しと救いの物語でした。

少しでも楽しんでいただけていましたら幸いです。

さて、この場を借りましてお礼を。

挿絵を描いてくださった湖水きよ先生。

再び挿絵を頂けてとても嬉しいです！　先生の描かれるキャラたちはとても人間的で、

息吹や体温を感じるので大好きです。お忙しい中お引き受けくださいまして、本当にありがとうございました。

担当のS様。

毎度とても自由に書かせていただいてありがたかったです。Ｄｏｍ／Ｓｕｂユニバースはまだ新しいジャンルなので、もっと研究していきたいと思います。

最後になりましたが、読者の皆様にも今一度御礼申し上げます。

初めてのＤｏｍ／Ｓｕｂユニバース作品なので、ご感想などお寄せいただけましたら嬉しいです！

またどこかでお会いできますよう！

二〇二一年（令和三年）一一月　真宮藍璃

プリズム文庫をお買い上げいただきまして
ありがとうございました。
この本を読んでのご意見・ご感想を
お待ちしております!

【ファンレターのあて先】

〒153-0051 東京都目黒区上目黒1-18-6 NMビル
(株)オークラ出版 プリズム文庫編集部
『真宮藍璃先生』『湖水きよ先生』係

※生ものなどはお受け出来ませんのでご了承くださいませ

完璧な支配に満たされる

Dom/Subユニバース

2021年12月30日 初版発行

著　者　真宮藍璃
発行人　長嶋うつぎ
発　行　株式会社オークラ出版
〒153-0051 東京都目黒区上目黒1-18-6 NMビル
営　業　TEL:03-3792-2411 FAX:03-3793-7048
編　集　TEL:03-3793-6756 FAX:03-5722-7626
郵便振替　00170-7-581612(加入者名:オークランド)
印　刷　中央精版印刷株式会社

ISBN978-4-7755-2978-2